Schmitt

# Robert Fultons erstes Dampfschiff

Klaus Schmitt

# Robert Fultons erstes Dampfschiff

Koehlers Verlagsgesellschaft mbH
Herford

CIP-Kurztitelaufnahme der Deutschen Bibliothek

**Schmitt, Klaus:**
Robert Fultons erstes Dampfschiff / Klaus
Schmitt. – Herford : Koehler, 1986.

ISBN 3-7822-0397-6

ISBN 3 7822 0397 6; Warengruppe Nr. 36


Sämtliche Abbildungen aus dem Archiv des Verfassers
Einbandgestaltung: Regina Daniel unter Verwendung einer
Reproduktion nach einem Ölgemälde des Verfassers
und einem Foto aus dem Archiv des Verfassers
Produktion: Heinz Kameier
Satz und Druck: HB-Drucke Brackmann GmbH, Löhne
Bucheinband: Buchbinderei Klemme, Bielefeld
Printed in Germany

# *Inhalt*

# *Vorwort*

Die kleine Studie über Robert Fultons Leben und Werk erreicht Mehrfaches:
Zunächst einmal war es dem Autor ein Bedürfnis, dem Mann, dessen Erfolg er zuvor in allen Einzelheiten als Modellbauer nachempfunden hatte, auch das geschriebene Wort zu widmen. Dieses Wort ist oft kritisch, aber stets umgeben von Anerkennung und Bewunderung. Dabei kommt verhaltener Humor nicht zu kurz – er durchzieht das Buch wie das Kielwasser von Fultons erstem Dampfschiff die Seine.
Zum zweiten werden Fultons Leistungen realistisch in das Umfeld ihrer Zeit gestellt. Nach den zahlreichen Versuchen anderer, die Dampfmaschine zum Schiffsantrieb weiterzuentwickeln, war die Zeit reif für den Durchbruch zum dauerhaften Erfolg. Fulton war der Vollstrecker am Ende eines dornenvollen Weges, den er selbst – der technische Autodidakt – ein gutes Stück mitgegangen ist.
Zum dritten finden die Verdienste Fultons ihre Würdigung als Resultierende aus unverzichtbaren Komponenten einer Erfinderpersönlichkeit. Jene Mischung aus 10 % Inspiration und 90 % Transpiration, die Großes anpackt und vollendet, war die Voraussetzung für Fultons Erfolg.
Schließlich zeigt der Autor, daß auch einfache Berechnungen und Modellversuche – mögen sie im einzelnen aus heutiger Sicht theoretisch überholt und in der Durchführung unzureichend sein – in diesem frühen Stadium des technischen Zeitalters eine hohe Bedeutung haben. Ohne solche Vorarbeiten wären Fultons namenloses erstes Dampfschiff und dessen 17 direkte Nachfolger – allen voran die berühmte *Clermont* – wahrscheinlich nicht in Fahrt gekommen.
Auf den Leser wartet eine Lektüre, die den Schiffbauer begeistern, den Ingenieur jeden Fachgebietes interessieren und – nicht zuletzt durch die Art ihrer Darstellung – den technischen Laien auf den Geschmack bringen wird.

*Professor Dr.-Ing. H. H. Heuser*
Versuchsanstalt für Binnenschiffbau

Duisburg, im Herbst 1986

*Manche Maschinen sind früh aufgekommen, andere spät. Außer der Zeit, der sie angehören, hat die Welt keinen Platz für sie.*

*Die uns auffallen, das sind Maschinen aus einem fremden Jahrhundert; sie wirken ortlos.*

*Sie werden deutlich, nehmen Bedeutung an.*

*Doch was sie bedeuten, weiß niemand.*

Auszug aus »Die Maschinen«
von Lars Gustafsson
übers. v. H.H. Enzensberger

Mein Dank gilt allen, die mir bei der Schaffung des Schiffsmodells tatkräftig geholfen haben und mich beim Herausgeben dieses Buches wohlwollend unterstützten, vor allem meinem Freund Wilfried Nußbaum.

# *Einleitung*

## Original gesucht

Irgendwann kann es einem geschehen, daß da etwas einen alten Jugendtraum anklingen läßt, daß man sich aufs neue an diesem begeistert, ja, daß solch ein Traum auf einmal noch fesselnder wird, wenn seine Erfüllbarkeit näher in den Bereich des Möglichen gerückt ist. Und welchem älter gewordenen Knaben wäre es zu verdenken, wenn er z. B. noch einmal oder endlich einmal mit einer schönen, möglichst originalgetreuen kleinen Dampfmaschine spielen möchte? Kann man doch heutzutage die herrlichsten Dampfmaschinenmodelle kaufen, kann sie auch als Bausätze bekommen und durch eigenes Wirken und Geschick zum Leben erwecken – ein Geduld erforderndes, aber ungemein faszinierendes Spiel mit der Technik. Man kann aber auch auf die schier atemberaubende Idee verfallen, ein solches Maschinchen nachzukonstruieren, seine Funktion aus Idee und Material neu zu erwecken, die Maschine wie ihr Original noch einmal schöpferisch hervorzubringen. Wenn man nun eine solche Herausforderung dann mit einer gehörigen Portion an Halsstarrigkeit ernsthaft annimmt, wird der weitere Weg mit größter Sicherheit zu einem außergewöhnlichen Abenteuer werden.

Nun kann man sich bei der Auswahl eines nachbauwürdigen Dampfmaschinen-Modells einfach einmal treiben lassen von der natürlichen Forderung an eine solche Maschine – nämlich, daß sie nicht einfach nur zu ihrem eigenen Selbstzweck laufen soll. Sie soll auch irgend etwas Nützliches vollbringen. Doch beispielsweise ein über Transmission angetriebenes Spielzeughammerwerk ist ja wohl doch nicht so ganz das richtige. So kommt man sicher irgendwann auch auf den Gedanken an ein stolzes Dampfschiff, denn dies wäre ja über das Praktische hinaus sogar auch noch etwas Schönes. Und mehr noch, wenn man nachvollziehen kann was ein holländisches Sprichwort zum Ausdruck bringt:

»Van alles door de Mens gemaakt,
Alleen dat Schip dat droomt en waakt.«

Ja, ein Schiff, ein richtiges Dampfschiff soll zu schaffen sein. Bedenkt man dann aber, daß so ein herrliches Dampfmaschinchen in einen, wenn auch noch so edlen Schiffsrumpf eingebaut wird, das Deck draufgesetzt ..., und von dem wundervollen Herzen des Schiffes ist nichts mehr zu sehen. Nein, es muß dann schon ein Schiff sein, in dem man die Maschine richtig stampfen und schnurren sehen kann, in dem man sie lebend beobachten kann. Wo bleibt denn sonst der Lohn der Mühe? ... Und da findet sich auf einmal eine kleine, einfache Skizze von Robert Fultons erstem Dampfschiff: ... ja, da ist die Herausforderung sogleich angenommen! Das gefällt, das muß zu schaffen sein.

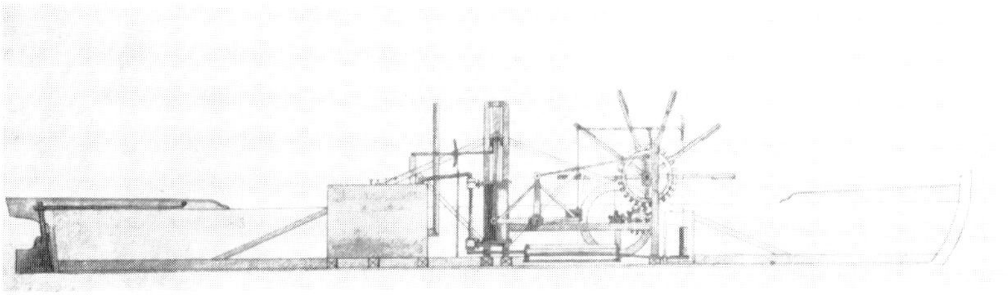

Mit diesem, seinem ersten Dampfschiff hat Robert Fulton am 9. August 1803 auf der Seine einem staunenden Pariser Publikum ein besonderes Spektakel geboten.

Das Abenteuer kann beginnen, und die ersten leichten Schritte zur Bearbeitung des Projektes sind einfach ergötzlich. Wie sich da beim Studium der kleinen Skizze nach und nach die ersten kleineren und mittleren Aha-Erlebnisse einstellen: so also hat das funktioniert! Faszinierend! – Doch auf einmal sucht man nach Teilen, die leider nicht gezeichnet sind, die aber wohl zum Funktionieren einer ordentlichen, wenn auch frühkindlichen Dampfmaschine erforderlich gewesen sein müßten. Wie hat der Herr Erfinder das wohl mit der Ventilsteuerung gemacht? Soll jenes etwa ein Kondensator sein? War denn 1803 der Kondensator eigentlich schon erfunden? Wie weit in der Entwicklung der Dampfmaschine war denn damals der berühmte James Watt gewesen? Und überhaupt, was weiß man denn sonst noch von diesem ersten Schiff Fultons, das 1803 erfolgreich auf der Seine mit der Geschwindigkeit eines eiligen Fußgängers gefahren sein soll? War denn Robert Fulton wirklich der Erfinder des Dampfschiffes?

So wird es also gar nicht lange dauern, bis man regelrecht verstrickt ist in all das, was sich um das Dampfschiff von Robert Fulton gerade zur

allgemeinen Vergessenheit anzuschicken gedenkt. Das Nachempfinden des Originals zur Schaffung des Modells erfordert nun tatsächlich ein sehr intensives Studium des ganzen Drumherum, der Vorgeschichte, der Hintergründe, der damals möglichen Technik, der damals schon notwendigen betrieblichen Wirtschaftlichkeit, ja, bis hin zum Kennenlernen des Menschen Robert Fulton.
Abgesehen von der gleichermaßen kummervollen wie glorreichen Geschichte der praktischen Herstellung eines solchen Dampfmaschinen-Modells – von der zu berichten bestimmt sehr reizvoll wäre, und die so manchen mitleidvollen Seufzer hervorlocken würde – erweist sich allein die Hintergrundforschung zu diesem Schiff schon als eine derart interessante, lehrreiche, ja spannende Geschichte, daß sie einfach nicht unberichtet bleiben darf. Studiert man dieses Herantasten im Bereich der technischen Möglichkeiten oder die Zwänge der wirtschaftlichen Vorbedingungen, die menschlichen Beweggründe der Beteiligten, die Zufälle, die Niederlagen und Erfolge, so findet sich all das zu einem bezaubernden Kaleidoskop jener Epoche der beginnenden Maschinentechnik, ... doch man muß mit der Schilderung einfach einmal irgendwo oder am besten doch beim Dampfkochtopf beginnen.

# *Ahnenforschung*

Nun ist es nicht gerade zwingend notwendig, aber doch von einigem Interesse zum Verständnis der Entwicklung bis zurück in die Untiefen des ersten Dampfkochtopfes vorzudringen, wenn man Robert Fultons erstes Dampfschiff studieren will. Der berühmte Erfinder jenes phänomenalen Küchengerätes »Digester«, der französische Arzt »Dyonisius Papin, Rath und Medicus bei des H. Landgrafen zu Cassel Durchl., auch Professor Matheseas zu Marburg«, kurz Denis Papin, kam nicht dazu, nach dem Dampfkochtopf auch das erste Dampfschiff zu bauen. Sein 1707 auf der Fulda erprobtes Schaufelradschiff war wohl »ein Schiff von besonderer Invention« aber noch kein Dampfschiff, es war von Menschenkraft angetrieben, und noch bevor er es mit einem von ihm ersonnenen Dampfantrieb ausrüsten konnte, hatten Mündener Schiffer die aufkeimende Konkurrenz in Stücke zerschlagen. Vielleicht war dies gut so, denn von der Idee des gespannten Dampfes in einem Dampfkochtopf bis zur mechanischen Nutzbarkeit in einem Dampfschiff war noch ein weiter, weiter Weg, den Papin gar nicht überblicken konnte. Der unausweichliche technische Mißerfolg einer vorzeitigen Erfindung mußte so gar nicht erst eintreten, und die Idee, die da geboren war, hatte noch etwa 100 Jahre Zeit zur Reife.

Auch das englische Patent Nr. 556, das am 21. Dezember 1736 dem Uhrmacher Jonathan Hulls erteilt wurde, für eine Maschine »zum Befördern von Schiffen aus oder in einen Hafen oder Fluß, gegen Wind und Flut oder bei Flaute«, führte nicht zu einem lebenden Vorfahren unseres Dampfschiffes. Wohl war hier die Idee des Dampfantriebes für einen Schlepper beschrieben worden, und zwar eines Antriebes über eine verwirrende Seiltransmission auf ein Heckschaufelrad. Aber noch war es nur die Idee, wenn sie auch schon bezogen war auf eine existierende, die Newcomensche Maschine, einen Erstlingstyp von Dampfmaschinen, der für Bergwerkspumpen damals bereits mehrfach in Betrieb war.

Der Schweizer Gelehrte Daniel Bernoulli machte 1738 in seiner »Hydrodynamica« den Vorschlag, am Achterteil der Schiffe Wasser ausströmen zu lassen, dessen Reaktionskraft die Schiffe zum Fortlauf

Jonathan Hulls Idee zu einem dampfgetriebenen Schlepper, für die er 1736 ein englisches Patent erhielt. Für eine praktische Ausführung war die Zeit noch nicht reif.

bringen würde. Ein weiterer Gedanke wurde 1760 von Pfarrer Genevois aus Bern beigetragen, der mit Dampfkraft starke Federn spannen wollte, die dann ein Schiff antreiben sollten. Albert Euler, Sohn des berümten Leonhard Euler, beschäftigte sich 1764 in einer Schrift mit der Propellerfrage von Dampfschiffen, wobei er die schon von Bernoulli erwähnte Reaktionsröhre, aber auch Ruderräder und Schraube angewendet sehen will.
An Ideen zum Dampfschiff fehlte es also wirklich nicht, und nachdem inzwischen in Landbetrieben die ersten Dampfmaschinen tapfer und verbesserungswürdig ihre urig-schwerfälligen Hübe leisteten, mußte doch auch bald irgendwo ein Dampfantrieb für ein Schiff ausprobiert werden und irgendwann mindestens ein Ahnherr von Fultons erstem Dampfschiff in Erscheinung treten.

In der zweiten Hälfte des 18. Jahrhunderts war nun die Zeit tatsächlich reif für solche ersten praktischen Versuche, und so wird berichtet, daß der amerikanische Industrielle William Henry 1763 eine Dampfmaschine in ein kleines Radboot einbaute. Dieses Boot leitete eine Serie von Versuchen ein, die jeweils zu dem gleichen Ergebnis führten: Das Schiff sank!

Das erste wirkliche Dampfschiff soll 1773 von Christopher Colles in Philadelphia gebaut worden sein; darüber ist jedoch wenig bekannt. Bekannter hingegen wurde ein Privileg, das die französischen Offiziere Graf d'Auxiron und de Folleney im Jahre 1772 von ihrem König

Ludwig XV. erhielten, wonach sie 15 Jahre lang die Dampfschiffahrt betreiben durften. D'Auxiron baute daraufhin 1774 ein Dampfschiff, das jedoch noch vor der Probefahrt sank, vermutlich infolge des hohen Maschinengewichtes.

Wir wollen nun nicht jede einzelne der leidvollen Versuchsbemühungen in der Art eines technisch-historischen Lexikons verfolgen; uns interessiert vielmehr nur der Bezug zu Fultons Versuchen. Wir müssen zu diesem Zwecke »nur« beobachten: zum einen, wo Fulton vielleicht ein Vorbild gesehen haben mag, zum anderen, wo die technische Schwelle gelegen hat, vor welcher der Dampfantrieb nicht so recht funktionieren wollte, eine Schwelle, die Fulton offenbar überschritten haben muß.

Tastet man sich weiter voran vom ersten wirklich gebauten, über das erste wirklich schwimmfähige, hin zum ersten wirklich fahrenden Dampfschiff, dann trifft man 1775 auf den Franzosen Jacques-Constantin Pèrrier. Dieser hatte, von den Erfahrungen d'Auxirons zehrend, eine nunmehr kleinere Maschine von nur etwa 1 PS in ein Schiff eingebaut. Dasselbe sank nicht, fuhr auch tatsächlich, jedoch nicht schnell genug, um gegen den Strom der Seine anzukommen. – Aber es hatte sich bei diesem Versuch eine wesentliche Erkenntnis eingestellt: die »Feuerpumpe«, wie man in Frankreich die ersten Dampfmaschinen nannte, war prinzipiell in der Lage, ein Schiff fortzubewegen!

Einen weiteren Fortschritt erreichte in Frankreich der Marquis Jouffroy d'Abbans. Ausgelöst wurde seine Beschäftigung mit dem Dampfschiff durch ein amouröses Abenteuer. Der junge Edelmann errang die Gunst einer feinen, ähnlich edelblütigen Dame, die jedoch sein Vorgesetzter im Militärdienst für sich beanspruchte. Der Vorgesetzte war ein Bruder des Königs, folglich landete d'Abbans im Gefängnis auf der Insel St. Marguerite. Durch sein vergittertes Zellenfenster konnte er nun tagaus tagein die Rudersklaven auf den Galeerenschiffen nach Toulon beobachten, und er entwickelte ein dringendes Bedürfnis, diesem Elend mit Hilfe der gerade modern werdenden Maschinentechnik ein Ende zu bereiten. Noch im Gefängnis begann er zu studieren und zu konstruieren. Wieder in Freiheit, machte er sich mit der Hilfe eines Schmiedes sofort ans Werk. Mit seinem ersten Versuchsschiff von 1776, das so etwas wie einen »Entenfußantrieb« hatte, war er zwar erfolglos geblieben, schaffte es dann aber 1783 auf

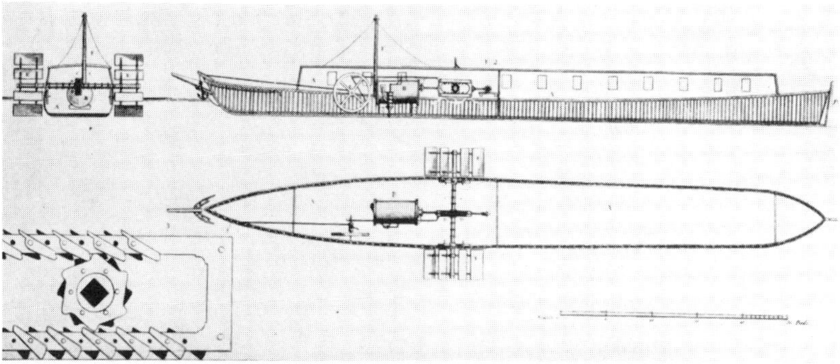

*Pyroscaphe* nannte der Marquis Jouffroy d'Abbans sein zweites Dampfschiff. Bei 182 t Verdrängung wog allein die Maschine 53,7 t. Am 15. Juli 1783 gelang bei Lyon eine 15-minütige Bergfahrt auf der Saône; ein Dampfschiffahrtsprivileg wurde jedoch nicht erteilt.

der Saône mit seinem *Pyroscpaphe* (= Feuerschiff), das »ohne Hilfe irgend eines Lebewesens« nicht nur vorwärts, sondern auch bergwärts dampfte. War damit erstmals ein technischer Erfolg angedeutet, so blieb eine wirtschaftliche Nutzung noch in weiter Ferne. Lag dies an einer unzureichenden Technik? Jouffroy d'Abbans hatte einen Maschinenantrieb konstruiert, bei dem die Drehbewegung der Schaufelräder durch eine Doppelratsche aus der hin- und hergehenden Kolbenbewegung hervorgebracht wurde; der mechanische Wirkungsgrad war schlecht genug, vor allem aber hatte der Kolben gewisse Schwierigkeiten, seine Totpunkte zu überwinden.

Inzwischen versuchte auf eine ganz andere Art der amerikanische Uhrmacher John Fitch ein Dampfboot anzutreiben. Zunächst hatte er einen seitlich angebrachten Kettentrieb mit Schaufelbrettern im Sinn, baute aber dann 1787, nachdem er 1786 ein amerikanisches Patent erhalten hatte, so etwas wie einen mechanisierten Galeerenantrieb indianischer Art. An einem hohen Gerüst waren auf jeder Seite sechs mechanisch betriebene Paddel angebracht, die durch zwei Zylinder, entsprechende Schwungräder und viel Hebelei im Stechpaddeltakt bewegt wurden. Es war ein Versuch mit einem untauglichen Gerät. Mit einem neuen Schiff richtete Fitch 1788 auf dem Delaware-River zwischen Burlington und Philadelphia einen Passagierdienst ein, war aber trotz einer Geschwindigkeit von 9 km/h wirtschaftlich erfolglos. Noch war der Wettlauf mit der Postkutsche nicht zu gewinnen.

Ein anderes Schiff, das John Fitch gebaut hat, soll gesunken sein,

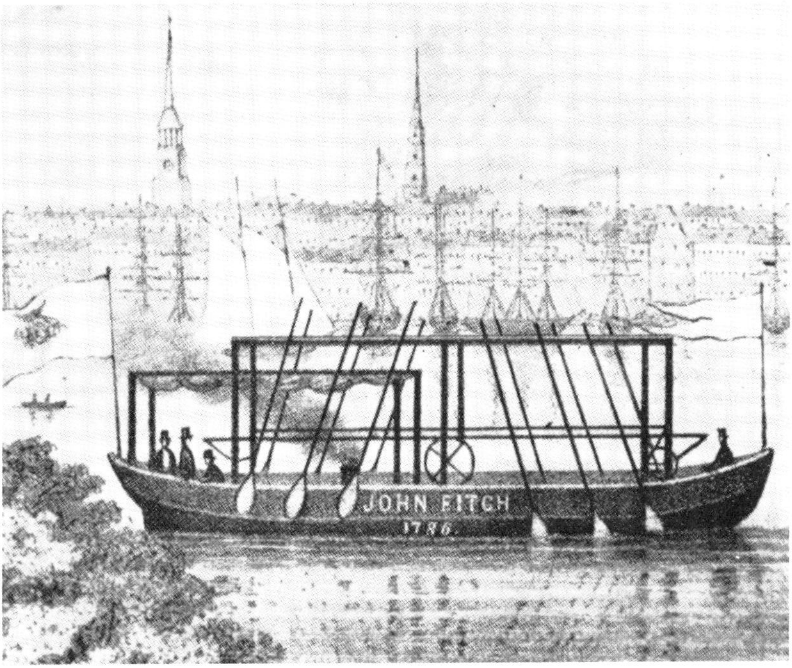

John Fitch versuchte 1787 auf dem Delaware den Dampfantrieb von Schiffen mit Seitenpaddeln. Die Geschwindigkeit war unbefriedigend.

bevor es noch fertiggestellt war. Ein weiteres seiner Schiffe soll mit einer Art Entenfuß-Paddeltechnik am Heck ausgerüstet gewesen sein (es war dies nicht der erste Entenfuß und auch nicht der letzte in der Geschichte des Dampfschiffes), doch auch damit blieb ihm der wirtschaftliche Erfolg versagt. Trotz der kümmerlichen Ergebnisse verfolgte er seine Idee zwar noch bis zu der Vision einer Atlantik-Dampfschiffahrt; jedoch dafür war die Zeit erst recht noch nicht reif.
Ein Dampfschiff aus der damaligen Experimentierphase hätte für eine Atlantiküberquerung wahrscheinlich zwei Segelschiffe im Geleit haben müssen, die ihm die Unmengen von Brennholz nachbrachten. Was blieb, war für John Fitch der Weg in den Wahnsinn oder, wie es ein amerikanischer Text berichtet, »steamboats had driven him out of his mind« – und dann der Tod »by his own hand«.
Den Kuriositätenkatalog in Sachen Schiffsantrieb erweiterte sein Landsmann James Rumsey, indem er 1786 einen alten Gedanken von Bernoulli aufgriff und mit einer Pumpmaschine einen Wasserstrahl

Weitere Versuche führten John Fitch zum Antrieb durch Heckpaddel. Seine Schiffe kamen zu einem praktischen Einsatz, jedoch nur kurze Zeit und mit finanziellen Verlusten.

zum Antrieb eines Schiffes benutzte. Eine Versuchsfahrt in Gegenwart des Präsidenten Washington fand auf dem Potomac in Virginia statt – der Erfolg war nicht durchschlagend (Präsidialpräsenz bewirkt auch keine echten Wunder). Dann plante Rumsey eine ganz verrückte Konstruktion, bei der mit Dampf angetriebene Stangen das Schiff vom Grund aus vorwärts staken sollte. Der Propellerwirkungssgrad ist dabei ja recht ordentlich, ...aber die Mechanik!

In der alten Welt war man mittlerweile nicht gerade untätig geblieben. In Schottland hatte der Bankier Patrick Miller ein Doppelrumpfschiff bauen lassen, in das der Ingenieur William Symington eine selbstentwickelte Dampfmaschine installierte, die über Ketten zwei zwischen den Schwimmkörpern hintereinander laufende Schaufelräder bewegte. Auf dem Dalswinton Loch erreichte das Boot 1788 eine Geschwindigkeit von über 7 km/h. Hoffnungsvoll mit einer größeren zweizylindrigen Maschine ausgerüstet, wurden 1789 weitere Versuche

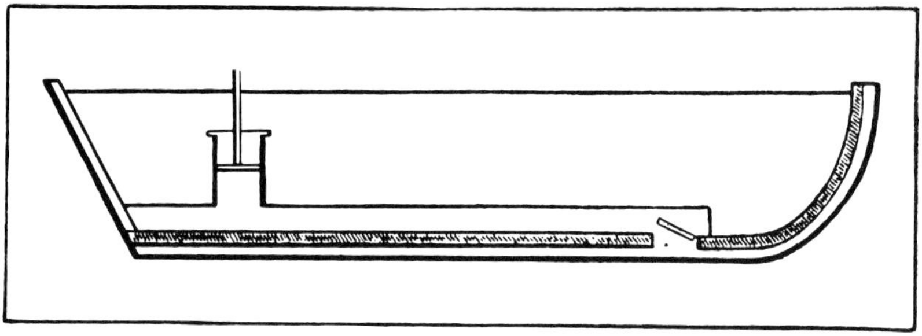

Schema des Strahlantriebs, den James Rumsey erprobte. Diese Idee, schon von Bernoulli geäußert, konnte bis heute nicht wirtschaftlich realisiert werden.

auf dem Forth-&-Clyde-Kanal durchgeführt. Die nunmehr erzielte Geschwindigkeit von ca. 10 km/h war sicher befriedigend, anscheinend gab es aber Probleme mit dem Kettenantrieb. Miller, der möglicherweise dem Können seines Ingenieurs nicht ganz traute (bei Reedern soll es so etwas heute noch geben), holte sich Rat bei der damals höchsten technischen Instanz auf dem Gebiet des Dampfantriebes, bei James Watt. Dieser hatte sein Interesse aber ganz auf die Dampfmaschine in Landbetrieben gerichtet und befand, daß eine Beschäftigung mit einem Schiffs-Dampfantrieb reine Zeit- und Geldverschwendung sei. Miller, wie gesagt schottischer Bankier, zog sich schleunigst aus dem Projekt zurück und sein Partner Symington mußte 12 Jahre warten, bis er einen neuen Geldgeber und Interessenten in Lord Dundas fand. Dieser, ein einflußreicher Anteilseigner der Forth-&-Clyde-Kanalgesellschaft, beauftragte 1800 Symington, für diesen Kanal einen Schlepper zu konstruieren, mit dem die Treidelpferde ersetzt werden konnten.

Ob Symington nun für diesen Auftrag seine technischen Kenntnisse schnell wieder auf den neuesten Stand brachte – man konnte ja die inzwischen bekanntgewordenen Errungenschaften von James Watt nicht mehr einfach unbeachtet lassen –, oder ob er, nachdem die Watt'schen Patentrechte erloschen waren, nunmehr seine eigenen, schon früher geplanten Verbesserungen verwirklichen konnte, dies sei dahingestellt. Jedenfalls fertigte er eine ganz neue Maschine, baute einen hölzernen Schlepper, taufte ihn auf den Namen der Tochter seines Mäzens *Charlotte Dundas*. Seine Lordschaft muß wohl sehr zufrieden gewesen sein, denn das Schiff wurde tatsächlich etwas Besonderes, ja, bei allen – auch kommerziellen – Anstrengungen von

Das erste Versuchsschiff von Miller und Symington 1788 auf dem Loch Dalswinton. Eine später verbesserte Version brachte wohl gute Propulsionsergebnisse, die Antriebsmechanik war jedoch recht mangelhaft.

John Fitch, kann man wohl die *Charlotte Dundas* das erste wirklich praktikable Dampfschiff nennen.

Die *Charlotte Dundas* war ein Heckradschiff, bei dem das Rad in den Schiffskörper integriert war, schmaler als der Schiffsrumpf selbst, wegen der Gefahr der Böschungsberührung eine durchaus sinnvolle Bauart für einen Kanalschlepper. Die Dampfmaschine hatte einen liegenden, doppeltwirkenden Zylinder von 560 mm Durchmesser bei einem Hub von 1220 mm. Die Kolbenkraft wurde über einen Kreuzkopf und eine Pleuelstange auf eine Kurbel der Radachse gebracht; eine Anordnung, wie sie, später wiederentdeckt, noch lange bei den Mississippidampfern angewendet wurde. 10 muntere Pferdestärken entwickelte die Maschine, und diese pflügten im März 1802 unternehmungslustig mit zwei 70-t-Kähnen im Anhang durch den Forth-&-Clyde-Kanal gegen starken Wind, wie berichtet wird, über 6 Stunden lang auf einer Strecke von 31 Kilometern. Ein respektables Ergebnis! Auch müssen die Betriebsbereitschaft und die Standzeit der Anlage recht vielversprechend gewesen sein, denn 1841 konstatiert J. S. Russel: »Die Maschine war so einfach, daß sie mit wenigen Reparaturen bis zum heutigen Tag hätte arbeiten können.« Eine solch lange

Die *Charlotte Dundas,* ein Schleppdampfer von Symington für den Forth-&-Clyde-Kanal gebaut, verkehrte dort von 1802 bis 1804. Dieses erste erfolgreiche Dampfschiff mußte wegen befürchtetem schädlichen Wellenschlag stillgelegt werden.

Betriebszeit war dem Schiff jedoch nicht beschieden. 1804 wurden die Fahrten eingestellt, weil die Mehrheit der Kanalgesellschafter befürchtete, daß durch den Wellenschlag des Rades erhebliche Schäden an der Böschung des Kanals entstünden. (Eine Einstellung der Kanalbesitzer, die sich als erblich erwies.) Bei Bramford Drawbridge wurde die *Charlotte Dundas* aufgelegt und diente über viele Jahre hinweg dem Publikum als eine Kuriosität und zweifellos als eine Warnung allen Spekulanten. Symington starb – wie Fitch – als Bettler, sein Schiff wurde 1861 abgewrackt.

Modellbasteleien und unbedeutende Experimente unerwähnt gelassen, hat uns mittlerweile die Geschichte des Dampfschiffes bis hin in die Zeit geführt, in der Robert Fulton sein erstes Dampfschiff bauen sollte. Es stellt sich hier nun die Frage, auf welche dieser aufgezeigten Erfahrungen Fulton aufbauen konnte? Welche kannte er überhaupt? Fulton war nicht das, was man gemeinhin als »gelernten Fachmann« bezeichnen würde. Fachschulen für Schiffstechnik gab es noch nicht. In allgemeinbildenden Schulen wurde damals sicher noch nichts von Dampfmaschinen und Schiffsantrieben gelehrt. Auch war eine Kommunikation zwischen den Fachleuten und Interessierten im ausgehenden 18. Jahrhundert, mindestens über den Atlantik hinweg und Jahrzehnte überspannend, nicht einfach als gegeben anzusehen. So kann man annehmen, daß Fulton von seinen Vorgängern nur wenig Konkretes gewußt haben wird. Andererseits war das Streben, einen Schiffsdampfantrieb zu schaffen, so weit verbreitet, daß ein interessierter Gebildeter sicher nicht ganz unwissend auf diesem Gebiete war.

Historisch belegt ist, daß Fulton den Maschinenbauer Pèrrier und auch Symington gekannt hat. Die Versuche Rumseys 1793 auf der Themse muß Fulton beobachtet haben, wie es aus seinen Notizen hervorgeht. Darüber hinaus kannte er weitere Persönlichkeiten, die sich um das Dampfschiff bemühten und die ihre Gedanken hierzu einbrachten, ohne daß sie in der Galerie der »Dampfschiffserfinder« einen nennenswerten Platz einzunehmen hätten.

Gleichzeitig, wenn auch fast nebenbei, sei damit hier einmal festgestellt, daß es für das Dampfschiff einen Erfinder schlechthin gar nicht gibt, daß es auch nicht berechtigt wäre, Fulton diesen Titel zu verleihen. Vielleicht ist das Dampfschiff das beste Beispiel dafür, daß es Inventionen gibt, die sozusagen »in der Luft liegen«, die an vielen Orten gleichzeitig im geheimnisvollen Urnebel menschlichen Schöpfungsgeistes aufwallen, und die sogar gleichzeitig in unterschiedlicher Gestalt in Erscheinung treten können. Insofern kann man bis hin zu Fulton – eigentlich sogar noch bis einige Jahre danach – nicht von einer allgemeinen Entwicklung des Dampfschiffes sprechen. Es gibt da wenig kontinuierlich Fortschreibbares, keine deutlichen Bausteine und Entwicklungsstufen. Überall sind es fast gleichrangige Ansätze, die da aufkeimen. Es gibt für Fultons erstes Schiff keine Linie von direkten Vorfahren, es gibt bestenfalls so etwas wie Verwandschaft der Ideen. Wir werden noch festzustellen haben, daß Fultons Dampfschiffe – auch sein erstes – eine ganz eigene Entwicklung durchgemacht haben, nicht isoliert zwar von den Erfahrungen anderer Konstrukteure, aber doch eine eigenständige, eine ursprüngliche, bis in die Grundlagen studierte Entwicklung. Noch hat sich bei unserer Betrachtung der bisherigen Dampfschiffserfindungen nicht herausgestellt, wo denn nun die technische Schwelle lag, die Fulton überschritten hat. Abgesehen von Versuchen, die wir heute ob ihrer Technik – bei allem nötigen Respekt – natürlich belächeln würden, gab es ja auch schon so etwas wie funktionierenden Dauerbetrieb von ersten Dampfschiffen.

Warum konnten diese sich nicht durchsetzen? Worauf gründet sich denn nun endlich Fultons Erfolg? Wo lagen die Fehler, Schwächen, Mängel anderer Versuchsschiffe? War es die Maschine? War es die Antriebstechnik? ... oder was sonst?
Wir müßten so ein Dampfschiff einfach einmal systematisch zerlegen, um Stück für Stück den Konstruktionsstand des Systems zu erkennen, wie ihn Fulton vorfinden konnte und den er an irgend einer Stelle wohl entscheidend verändert haben muß.

# *Dampf und Schiff*

Um mit der Betrachtung der Dampfmaschine zu beginnen, die ein Schiff antreiben soll, setzen wir wenigstens voraus, daß jeder Heinrich Spoerls Professor Bömmel aufmerksam gefolgt ist und die vorakademische Frage »Also, wat is en Dampfmaschin'?« artig und einigermaßen flüssig mit dem Hinweis auf das eine und das andere schwarze Loch – zu dem wir später kommen – beantworten kann. Bauen wir also darauf auf; kommen wir gleich zu der ersten lebenden Kolbenmaschine, die schon in vagen Ideen und mißglückten Versuchen für den Schiffsantrieb vorgesehen war: die Newcomensche Dampfmaschine. Ihr Namensgeber und Schöpfer, der englische Grobschmied Thomas Newcomen, erfand – nach Vorarbeiten von Papin und Savery – etwa 1710 den für lange Zeit gebräuchlichsten Maschinentyp zum Antrieb von Bergwerkspumpen in den englischen Kohlengruben. Bis dahin waren die Wasserhaltungspumpen von Pferden angetrieben worden, künftig brauchten die Teueren nur noch ihren Gattungsnamen für die Bemessung der Leistung herzugeben. Da die Dampfmaschine zunächst nur zum Zweck des Wasserpumpens konstruiert war, genügte es, daß Kolbenhub mit Kolbenhub bezahlt wurde; eine Drehbewegung war nicht erforderlich. Der Dampfkolben und der Pumpenkolben waren über einen rustikalen Balancierbaum anhänglich miteinander verbunden, und so bewegten sie sich in aller Ruhe abwechselnd auf und nieder. Die Umsetzung des Dampfdruckes in Arbeitskraft geschah nach einem sehr urwüchsigen Prinzip: Ein geringer Dampfdruck hebt den Kolben hoch – für den Pumpenkolben ist dies der Leerhub - dann wird der Zylinderraum durch einen Wasserstrahl im Inneren abgekühlt, der Dampf kondensiert ... will fast zum Vakuum werden ... jetzt drückt der überall gegenwärtige atmosphärische Luftdruck den Kolben mit stiller Gewalt wieder nach unten und die Pumpe muß dabei ihren Arbeitshub vollbringen.

Das Ganze funktionierte treu und redlich viele Jahrzehnte lang, wurde von dem Ingenieur John Smeaton etwas optimiert, blieb jedoch eine gewaltig Kohlen fressende Angelegenheit, bis der Geiz des Schotten James Watt endlich einen angemessenen Streß in diese ach so teuere

Behäbigkeit brachte. Aber noch davor gab es Bemühungen, die schwerfällige Newcomensche Maschine auch als Schiffsantrieb zu probieren. Man wußte es halt nicht besser. Die hierzu unternommenen Versuche braucht man gar nicht erst auf ihre Fehler hin zu untersuchen; man kann sich hier durchaus auf das Urteil einer Kapazität verlassen, auf Daniel Bernoulli, jenes Vertreters aus dem berühmten

Die Dampfmaschine von Newcomen 1712 zur Wasserhaltung in Bergwerken. Diese atmosphärische Maschine war weit verbreitet, da sie die erste praktisch nutzbare und dringend gebrauchte Dampfmaschine war. Ihr Brennstoffverbrauch war jedoch enorm.

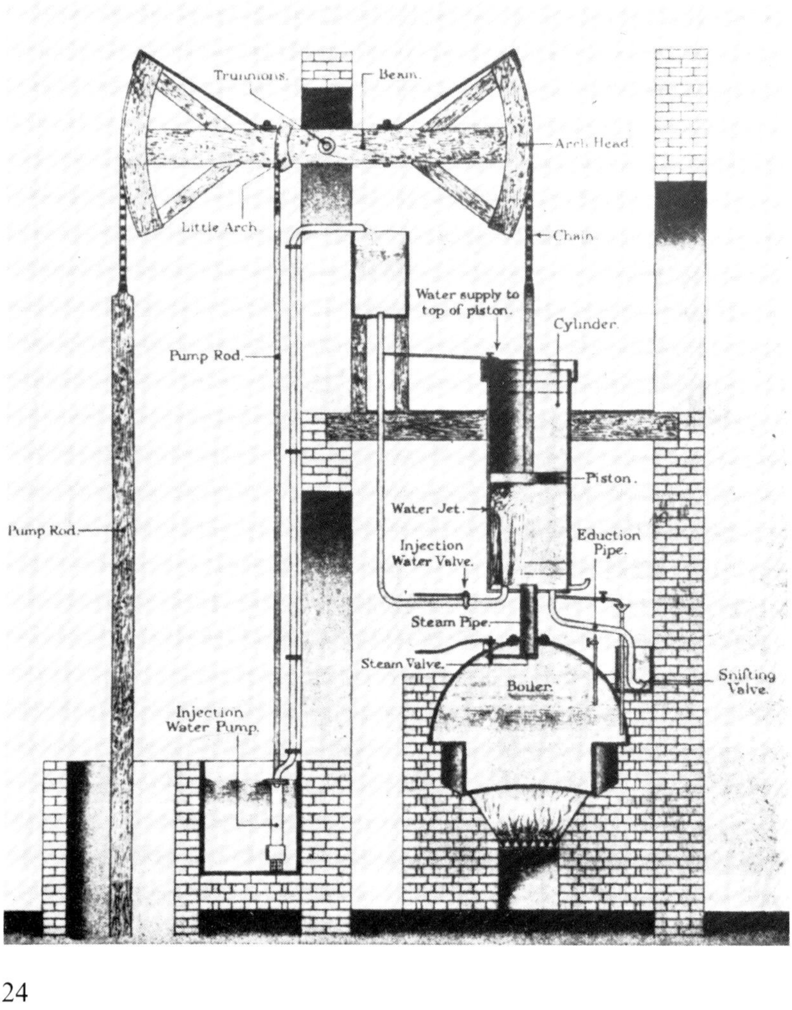

Schweizer Gelehrtengeschlecht, der unter anderem grundlegende Erkenntnisse in Sachen Hydrodynamik herausgefunden hat.
Im Jahre 1753 hatte die französische Akademie der Wissenschaften mit Hilfe eines Preisausschreibens versucht herauszufinden, welche Möglichkeiten es gäbe, die Kraft des Windes als Schiffsantrieb zu ersetzen. Diesen Wettbewerb gewann Bernoulli. Er stellte dabei heraus, daß der Dampfantrieb kein geeignetes Mittel sein konnte. Er rechnete vor, daß die Maschine von Newcomen einem Schiff keine höhere Geschwindigkeit als zwei Knoten verleihen könne.

War dies womöglich ein leichtfertiger Akt wissenschaftlicher Akrobatik? Nun, ein Zusammenhang zwischen Maschinenleistung und Maschinengewicht einerseits sowie eine Zuordnung von Maschinengewicht zur Schiffsgröße andererseits wird durchaus für Bernoulli erkennbar gewesen sein. Wenn man bedenkt, daß noch 1815 ein Schiff mit aus Ziegelsteinen gemauertem Kamin konstruiert wurde – eine Ausnahme zwar – kann man doch eine Vorstellung dafür bekommen, mit welchen Maschinengewichten zur Zeit Bernoullis zu rechnen war. Dieses und der dazu erforderliche enorme Brennstoff-Vorrat für die Newcomensche Maschine erforderten zwangsläufig ein relativ großes Schiff. Mit der geringen Antriebsleistung solcher Maschinen konnte folglich ein Schiff auch nicht besonders schnell sein. Innerhalb der Bandbreite damaliger Schiffsgrößen wird das Verhältnis Schiffsgewicht zur Antriebsleistung gar nicht so stark variiert haben, so daß sich tatsächlich in etwa eine allgemeingültige maximale Schiffsgeschwindigkeit angeben läßt, so wie Bernoulli es getan hat. Ob der richtige Wert nun exakt bei 2 kn liegt, sei dahingestellt, doch wichtig ist vielmehr, daß er einen Wert angegeben hat, der richtigerweise unterhalb der Grenze einer sinnvollen Betriebswirtschaft lag. Somit war die Aussage in der Tat durchaus berechtigt!

Der Dampfantrieb für Schiffe hatte folglich nur dann einen Sinn, wenn ein Maschinensystem verwendet wurde, das wenigstens in etwa jene Verbesserungen von James Watt erfahren hatte. Was waren das denn für Verbesserungen? Was war es, das James Watt jenen großen Namen eingetragen hat, einen Namen, den wir heute noch – und in jüngerer Zeit sogar weit allgemeiner – mit der Kennzeichnung von technischer Leistung würdigen?

James Watt, Sohn eines schottischen Schiffbauers, in seiner Jugend ein Hungerleider und Träumer, war als Feinmechaniker an der Universität zu Glasgow angestellt und als äußerst gewissenhaft und hilfsbereit geschätzt. 1764 bemängelte er anläßlich der Reparatur eines Modells der Newcomenschen Dampfmaschine mit schottischer Bedrücktheit die ungeheuerliche Verschwendung von Dampf. Er entdeckte, daß hier sehr viel Energie verloren geht, wenn der Zylinder abwechselnd auf Dampftemperatur erhitzt und dann gleich wieder durch die Kondensation stark abgekühlt wird. Außerdem konnte für einen relativ großen Zylinder dieses wechselvolle Dasein nicht besonders schnell hintereinander erfolgen, – nur etwa fünfmal in der Minute. Bei so wenigen Arbeitshüben pro Zeiteinheit war natürlich auch die Leistung – das Maß für die Arbeit pro Zeiteinheit – nur sehr gering.

Durch intensive Grübeleien, getrieben von Sparsamkeitssinn, beflügelt von einer inneren Überzeugung, fand Watt die Lösung. Er befreite den Zylinder von dem ständigen Erkältungsschock, den die Wassereinspritzung erzeugt hatte, und packte ihn isolierend in einen Zylindermantel ein. Durch Schließen der Zylinderoberseite und Abdichtung der Kolbenstange konnte der Dampf auch über dem Kolben, also im Auf- wie im Abwärtshub, zur Arbeit geführt werden. Die Abkühlung des gebrauchten Dampfes sollte fortan in einem separaten Kühlgefäß erfolgen, aus dem das kondensierte Wasser jetzt allerdings abgepumpt werden mußte. Diese Arbeit leistete eine Kolbenpumpe, angetrieben von dem jetzt viel leistungsfähigeren Arbeitszylinder, und unter dem Strich blieben eine höhere Leistung, ein geringerer Brennstoffverbrauch und ein geringeres Maschinengewicht und das sogar summarisch, nicht einzeln, alternativ – ein Traumziel ganzer Ingenieurgenerationen! Die geringere Maschinengröße und eine höhere Taktzahl ermöglichten später auch die Verwendung eines einigermaßen »kleinen« Schwungrades, so daß dann die wippende Bewegung des Balanciers in eine Drehbewegung auf eine Welle umgesetzt werden konnte.

Seine erste verbesserte Maschine konnte Watt 1769 in Betrieb nehmen. 1777 war der Erfolg so weit bestätigt, daß Watt an seinen Kompagnon schreiben konnte:

> »Geschwindigkeit, Kraft, Größe und der furchtbare Lärm haben jetzt alle, die sie sahen, ob Freund oder Feind, zufriedengestellt. Ich hatte sie

ein- oder zweimal so eingestellt, daß ihr Gang ruhiger war und sie weniger Lärm machte, aber Mr. Wilson (der Grubenbesitzer) kann nicht schlafen, wenn sie nicht tobt. Nebenbei gesagt, die Leute scheinen von der Größe des Lärms auf die Kraft zu schließen.«

Prinzip der Dampfmaschine von James Watt nach seiner Patentspezifikation 1769 mit dem separaten Kondensator und der Luftpumpe. Mit diesem genialen Maschinenaufbau gelang Watt der Durchbruch zu besseren Wirkungsgraden und zu wesentlich geringerem Brennstoffverbrauch.

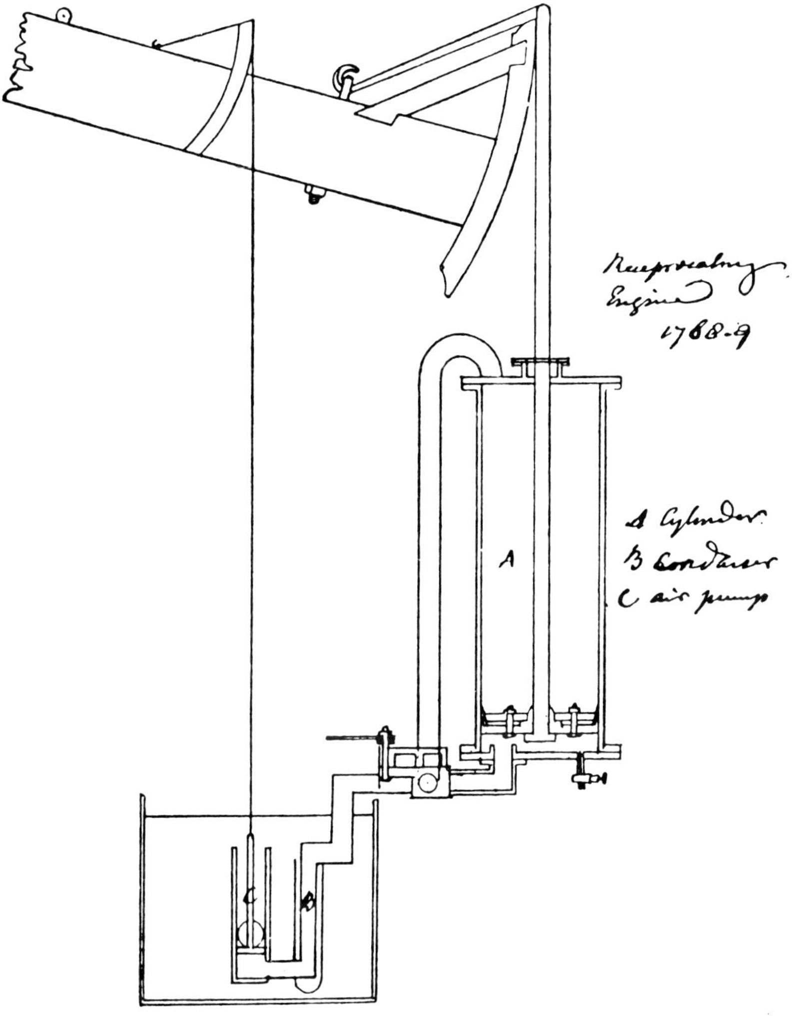

Die in der Tat beachtliche Steigerung des Wirkungsgrades wird noch deutlicher, vergleicht man die Leistungen bzw. »Dienste«, wie sie damals gemessen wurden: Anzahl der Pfunde (lb) Wasser, die 1 Fuß gehoben werden, pro bushel (= 0.94 lb) verbrauchter Kohle. Der übliche Wert lag damals bei 7 Millionen und vereinzelt darüber. Watt erreichte – wie aus einem Brief von 1792 hervorgeht – eine spezifische Leistung von 33 Millionen Pfund mal Fuß pro bushel. Eine Verbesserung auf nahezu das Fünffache!
Eine Watt'sche Maschine dieser Art hatte – es sei dies nur mal nebenbei zum Einordnen der Dimensionen aufgezeigt – eine Zylinderbohrung von 36 inch = 91,4 cm und einen Hub von 8 feet = 2,44 m. Bei 10,4 Hub pro Minute leistete sie effektiv 23,9 PS (dies läßt sich aus der Pumpenleistung errechnen). Watt selbst errechnete sogenannte »nominelle« PS; von dieser Sorte wären es 55,1 PS. Stellt man sich die Größe dieser Maschine aus Hub und Zylinderdurchmesser mit all dem klobigen Maschinenwerk bildlich vor, und installiert man gedanklich einen solch riesigen Apparat in ein Schiff von der Größe, die zu der Antriebsleistung paßt, dann braucht man die Bernoulli'sche Berechnung gar nicht erst exakt nachzuvollziehen und kann auch James Watt spontan beipflichten, wenn er 1789 Versuche mit Schiffsdampfantrieben für Zeitverschwendung hält. Es mußte folglich schon noch einiges verbessert werden an der Wasserhaltungs-Dampfmaschine, bis sie tauglich war, ein Schiff anzutreiben.
Es scheint, daß Symington bei der zweiten Maschine seines ersten Schiffes 1789 solche Fortschritte gemacht hatte, denn er rühmte sich, daß seine Maschine 1/5 mehr Kraft entwickele als die von Watt, und zwar bei gleichem Brennstoffverbrauch. War er dabei in die patentrechtlich geschützten Geheimnisse von Watt eingedrungen? Und was heißt überhaupt: »1/5 mehr Kraft«?

Die rechnerische Ermittlung der Leistung einer Dampfmaschine – und damit einer Kraftmaschine schlechthin – begann tatsächlich erst mit James Watt. Dies hatte seinen besonderen Grund. Watt und sein Partner Boulton verkauften ihre Maschinen an zahlungsunfähige Grubenbesitzer nicht für einen Warenpreis, sondern sie forderten einen langjährigen, fest vereinbarten Erlös in Form eines Anteils an der zugesicherten besseren Wirtschaftlichkeit. Und zwar erhielten Boulton & Watt, wenn sie ihre Maschine gegen eine atmosphärische ersetzten, eine vertraglich festgelegte Rente von einem Drittel der erzielten Brennstoffersparnisse für die Dauer von 25 Jahren. Diese für beide Vertragspartner interessante Vereinbarung hatte zweierlei Folgen:

Zum ersten hatte niemand ein besonderes Interesse, die Leistung der Maschine wesentlich zu vergrößern. Die in den Bergwerken zu fördernden Wassermengen veränderten sich ja nicht dadurch, daß es auf einmal eine bessere Maschine gab. Die Leistung der Maschine konnte zunächst gleich bleiben, wenn sie nur weniger Brennstoff verzehrte. Erst später konnte man die mögliche Leistungssteigerung nutzen, als man die Gruben tiefer abteufte. Vorerst ging es nur um die Verringerung der enormen Kohleverbräuche. Andere Anwendungsbereiche gar, auch das Dampfschiff, konnten warten.
Zum zweiten mußte Watt sich etwas einfallen lassen, um die Leistung der Maschine als Zahlenwert meßbar festzustellen. Die Verbesserung des Brennstoffverbrauchs mußte ja bewiesen und während des Betriebes ständig kontrolliert werden. Hierzu mußte Watt die physikalischen Gesetzmäßigkeiten ergründen, mußte die Einheit der Leistung definieren und messen, mußte den Zylinderdruckindikator erfinden sowie einen Hubzähler, denn zur Berechnung der »Dienste« der Maschine war in seinem Interesse die Kenntnis der Anzahl der geleisteten Hübe dringend erforderlich.

James Watt war ein äußerst gründlicher Mensch, und auch in diesem Falle suchte er nach den exakten Zusammenhängen. Gewisse theoretische Grundlagen zur Wärmelehre hatte Watt von seinem Lehrer, dem Professor Joseph Black an der Universität Glasgow, erfahren. So konnte er sich unterstehen, die mechanische Leistung zu definieren, ohne eine ihrer physikalischen Komponenten außer acht zu lassen. Er fand heraus, daß ein ordentliches Brauereipferd eine Leistung vollbringen kann, die anschaulich zu beschreiben war mit dem Heben eines Gewichtes von 33000 lb um einen Fuß Höhe in der Zeit von einer Minute. Hiermit war eine einleuchtende Leistungsdefinition gefunden, mit der man auch die erbrachte Leistung einer Dampfpumpmaschine rechnerisch feststellen konnte, und zwar nach der Formel

$2 * A * P * R * S / 33000.$

Darin gilt 2 für die doppeltwirkende Maschine,
A = die Kolbenfläche in sq.in.,
P = der Kolbendruck in lb/sq.in.,
R = Anzahl der Hübe pro Minute und
S = die Länge des Hubes in feet.

Das Ergebnis waren Pferdestärken.

Bis in die achtziger Jahre des 18. Jahrhunderts konnte man sich eine Dampfmaschine gar nicht anders denken, denn als Pumpwerk zur Entwässerung von Kohlengruben. »Eiserne Engel« lobte man sie, manche Eiferer verdammten sie auch als »Schwarze Teufel«, gemeint waren die Dampfmaschinen in Kohlen- und Kupferminen, später in Hüttenwerken, Baumwollspinnereien und Brauereien. Wie ging es aber weiter in der Entwicklung in Richtung zu einer **Schiffs**-Dampfmaschine? Solange James Watt noch zu sehr mit stationären Maschinen beschäftigt war – und nach der Verbreitung der Grubenmaschinen mußte erst einmal die ganze englische Textilbranche auf maschinelle und industrielle Beine gestellt werden – tat sich in England nicht viel Umwälzendes, das dem Schiffsantrieb genutzt hätte. Zwar erhielt der Knopfmacher James Pickard aus Birmingham 1780 ein Patent für den Kurbelantrieb mit Schwungrad zur Anwendung an Dampfmaschinen. War dies einer der wichtigsten Schritte, um die Dampfmaschine schiffsgerecht zu machen, kam es doch nicht zu einer Anwendung. Erst nach dem Ablauf des Watt'schen Patentschutzes aus 1769, dessen Laufzeit 1774 durch Parlamentsakt auf 25 Jahre ausgedehnt worden war, konnte sich Symington um 1800 wieder dem Schiffsantrieb zuwenden. Auch wenn der Göttinger Taschenkalender bereits 1790 gemeldet hatte: »Mit den Dampfmaschinen ist es nunmehr in England auf das Höchste gekommen«, der Schiffsantrieb war in diesem Höchsten noch nicht enthalten.

In Frankreich war man indes nicht ganz untätig geblieben. Die Brüder Pèrrier hatten in Frankreich die Maschine von Watt eingeführt und 1781 in ihrer Eisenhütte in Chaillot in Betrieb genommen. Sie erhielten von Watt auf 15 Jahre eine Konzession zur Herstellung von

Dampfmaschinen für Frankreich. Ihre Produktion blieb jedoch bescheiden, da die Maschinen mit den letzten technischen Verbesserungen doch jeweils direkt aus England kamen. Die Pèrriers bemühten sich, eine eigene technische Konzeptionen zu finden und die Anwendbarkeit der Maschine weiter zu verbreiten. Zwischendurch mußten die Pèrrierschen Werkstätten »wegen Revolution vorübergehend geschlossen« werden; es gab keine Nachfrage. Bereits 1792 nahmen die Gebrüder Pèrrier dann ein Patent auf eine liegende Dampfmaschine, die sie aber nicht für einen Schiffsantrieb verwendeten. Diese Bauart finden wir immerhin später doch bei Symington für die *Charlotte Dundas* wieder. Pèrrier, der schon 1775 eine kleine Maschine in ein Schiff eingebaut hatte und damit erfolglos geblieben war, hat danach den Schiffsantrieb aufgegeben, nicht aber die Dampfmaschine. Im Jahre 1800 nahm er ein französisches Patent auf die Anwendung der Dampfmaschine zur Kohleförderung. Wir werden Pèrrier dennoch auch im Schiffbau nochmals antreffen – an der Seite von Fulton.
So weit also war die Entwicklung der Dampfmaschine fortgeschritten, die Fulton zur Verfügung stand. So weit mußten die wissenschaftlichen Erkenntnisse der physikalischen Grundlagen Gestalt annehmen, zu technischen Gegebenheiten werden: Von der epochemachenden Entdeckung Torricellis (1663), daß die atmosphärische Luft ein Gewicht hat, über die Entwicklung eines Wärmemessgerätes, das mit den Namen Fahrenheit, Réaumur und Celsius verbunden ist, über Blacks Theorie von der sensiblen und der latenten Wärme, bis hin auch zu dieser Entwicklungsstufe der Herstellungsmöglichkeit, bis zu den Kenntnissen und Fertigungsmethoden für die mechanischen Kraftübertragungselemente. Um 1800 etwa war das Niveau erreicht, auf das die Technik die Dampfmaschine gebracht hatte, damit sie für eine Anwendung in einem Schiff von Fulton benutzt werden konnte.

Um die Jahrhundertwende beginnen sich weitere wichtige Entwicklungsschritte für die Schiffsdampfmaschine abzuzeichnen. Der Amerikaner Oliver Evans baut um 1800 die erste Hochdruckdampfmaschine, die mit einem Dampfdruck von 10 Atmosphären arbeiten kann. Die Maschine bringt bei 36 Umdrehungen 30 PS. Die damit eingeleitete Entwicklungsrichtung sollte sich später für die amerikanische Flußschiffahrt als lange Zeit beherrschend herausstellen. In die

gleiche Richtung arbeitet auch der Engländer Trevithick, der 1802 das englische Patent auf eine Hochdruckmaschine ohne Kondensation erhält.
1804 verbessert Woolf die 1776 von Hornblower erfundene Zweifachexpansionsmaschine durch Einführung der doppeltwirkenden Zylinder, der Kondensation und des hohen Dampfdruckes und bringt damit die Dampfmaschine in einen Konstruktionsstand, wie er lange Zeit unverändert bestehen bleiben sollte. Ob Fulton von der Entwicklung solcher Hochdruckmaschinen etwas gewußt hat?
Man kann annehmen, daß Fulton die Hochdruckmaschine – jedenfalls vor dem Bau seines ersten Dampfschiffes – nicht gekannt hat. Die Konstruktion des Schiffsantriebes wäre ihm dann sicher leichter gefallen. Andererseits mußten zur Hochdruckmaschine auch noch weitere technologische Probleme gelöst werden, z. B. für den Kessel. Wahrscheinlich war es für Fulton viel wichtiger gewesen, nicht viel Zeit zu verlieren und just die Maschine zu verwenden, die genügend ausgereift war: die Niederdruckmaschine nach dem Watt'schen Prinzip. So hat strenggenommen Fulton zur Entwicklung der Dampfmaschine selbst nichts Wesentliches beigetragen. Jedoch wußte er ganz genau, was er von einer solchen vorhandenen Maschine zu erwarten hatte, wie er sie am wirkungsvollsten einsetzen konnte.
Bedeutet das womöglich, Fulton war gar nicht auf die letzten Entwicklungsschritte der Dampfmaschine angewiesen? War vielleicht die Maschine von irgendeinem Konstruktionsstand an prinzipiell brauchbar, und kam es lediglich darauf an, wie man sie zur Wirkung brachte? Oder war Fultons Erfolg einfach nur ein zufälliger Treffer; hatten etwa nur die berühmten glücklichen Umstände dazu geführt? Oder war es nur eine Frage des richtigen Zeitpunktes, zu dem die Rahmenbedingungen irgendwann günstig genug waren? Waren die Verfügbarkeit und der Bedarf so weit aufeinander zugeschritten, daß es nur noch eines dahergelaufenen Kunstmalers bedurfte, um die Dampfschiffahrt zu beginnen?

# *Vorabend der Dampfschiffahrt*

Robert Fulton war noch nicht ganz 10 Jahre alt, als auch er 1775, wie alle Amerikaner, in den Genuß eines welthistorisch bedeutsamen Ereignisses gelangte: Er wurde in Freiheit und Gleichheit mit den sogenannten Menschenrechten versehen. Sein Volk rüstete sich zur Unabhängigkeit von England. Wahrscheinlich hat ihn das damals nicht weiter berührt. Sein Lehrer wird ihm auch nicht viel darüber erzählt haben, denn der war ein Quäker und konservativer Tory. Auch wird die Familie Fultons – Kleinbauern in dem kleinen Ort Little Britain (Pennsylvania) – ganz andere Sorgen gehabt haben, als den Beginn einer großen, weltweiten Umwälzung zu beobachten. Die Boston Tea Party von 1773 wird für die Fultons möglicherweise nicht mehr bedeutet haben, als daß sie in ihrem Kolonialwarenladen eine Zeit lang keinen Tee bekommen konnten. Vielleicht war Bosten aber auch schon für eine solche Beobachtung zu weit entfernt. In der näher gelegenen Stadt Lancaster gab es gutbeschäftigte Manufakturen, in denen Waffen und Uniformen für die Kolonialtruppen hergestellt wurden. Es gab auf einmal viele britische Kriegsgefangene und 1777 tagte der amerikanische Kongress im Gerichtsgebäude von Lancaster. Für die Jugend der Nachbarschaft war das alles sicher sehr interessant, für die ältere Generation war solch ein militärisches Treiben nichts Unbekanntes – man hatte sich um wichtigere Dinge zu kümmern. Und doch war die große Geschichte gerade mit mächtigem, tiefgründigem Brodeln damit beschäftigt, jene Welt vorzubereiten, in die das Dampfschiff als eines der Symbole der Neuzeit einlaufen sollte, als eines der Wahrzeichen des »Technischen Jahrhunderts«.

Es bleibt üblicherweise in historischen Darstellungen jener Zeit vor lauter Berichten und Kommentaren über tiefgreifende staatspolitische Ereignisse und deren rasche, komplexe und weitgespannte Auswirkungen gar kein Raum, in welchem einer damals noch recht hausbackenen Technik gedacht werden könnte. Deshalb soll an dieser Stelle die Gelegenheit wahrgenommen werden, einmal darauf hinzuweisen, daß Geschichte eben mehr ist, als nur die Aneinanderreihung der Tagebuchnotizen von Staatsmännern und Schlachtenlenkern. Jedwe-

Denis Papin, der geistige Vater des Dampfschiffes.
Dem genialen, aber glücklosen Erfinder gelang eine praktische Ausführung eines Dampfschiffes nicht.

des Ereignis, die Schlacht von Waterloo genauso wie die Entwicklung des Dampfschiffes, muß vor seinem ganzen Hintergrund betrachtet und zu einem möglichst vollständigen Bild des geschichtlichen Alltags gefügt werden. Nun, es ist nicht ganz leicht, eine umfassende Wiedergabe jenes turbulenten Geschichtsbildes aufzuzeigen und auch erfassbar zu machen, in welchem die ersten Versuche zur Entwicklung des Dampfschiffes auftreten. Doch sollte man sich einige Schlaglichter auf die Bühne jener Zeitgeschichte gestatten, damit aus ihrer Vielschichtigkeit die Konturen der Entwicklung unseres Dampfschiffes etwas deutlicher hervortreten können.

Mit Papin und Bernoulli waren in unserer Szenerie des Dampfschiffbaus schon Männer aufgetreten, die von der wissenschaftlichen Seite her den Geist jener Zeit repräsentierten, den Geist der Aufklärung, das Streben nach der Berechenbarkeit aller Dinge. Den Anstoß zu dieser Denkart hatten zu Beginn des 18. Jahrhunderts die großen Gelehrten gegeben, wie der Astronom Kepler, oder Leibnitz, der große Mathematiker, vor allem aber Newton, der Entdecker der Schwerkraft und der Massenträgheit. Weitere berühmte Namen wie Euler, D'Alembert, Pascal, Ampère, Voltaire ergänzen die Galerie der Forscher im naturwissenschaftlich geprägten Geist jener Epoche. In der zweiten Reihe drängt es dann zur Verwirklichung der Ideen. Hier stehen Männer, die von der Theorie zur praktischen Anwendung streben, Ingenieure und Techniker, wie – bezogen auf unser Objekt, das Dampfschiff – Savery, Newcomen, Smeaton, Watt, Symington, Pèrrier ... gefolgt von Phantasten und Hasardeuren, die das gleiche Ziel, jedoch mit anderen Voraussetzungen und zu anderen Zwecken verfolgten. Ist jener letzten Spezies womöglich Robert Fulton zuzuordnen?

Nicht allein die ungeahnte Ausweitung der naturwissenschaftlichen Erkenntnisse prägte das Bild jener Zeit; vielmehr waren es eigentlich die nicht naturwissenschaftlichen Folgerungen daraus. Die Naturwissenschaft erzwang durch ihre unumstößliche Wahrheit neue Philosophien, die zu neuen Gesellschaftsformen, zu neuen Staats- und Wirtschaftsverfassungen führten. Es war kein Zufall, daß Papin sein Kasseler Schiffchen gerade in London mit einer Dampfmaschine ausrüsten wollte. Es war auch kein Zufall, daß zuerst in England 1736 ein Patent für ein Dampfschiff erteilt wurde. In anderen Ländern gab es noch kein Patentrecht und keine Dampfmaschine, England hatte einen technischen und gesellschaftlichen Vorsprung erarbeitet. In England war nach John Lockes Theorie von der Gewaltenteilung des Staates der Absolutismus früh überwunden, eine neue Gesellschaft in einem demokratischen Klassenstaat war entstanden. Adam Smith begründete 1776 die klassische Nationalökonomie, nach der die Ursache des Wohlstandes in der Arbeit zu sehen ist und nach der die Wirtschaft bei freiem Markt von selbst zu sozialer Harmonie und Gerechtigkeit führt. England wurde zur ersten Handels- und Kapitalmacht der Welt. Von England aus bewegte sich eine industrielle Revolution, die englische Wirtschaft überwand die bisherigen Produktionsmethoden wie das Handwerk, die Manufaktur, benutzte die Massenproduktion durch Maschinen und brachte den Kapitalbesitzer und den Lohnarbeiter hervor.

Parallel dazu und im Gefolge der amerikanischen Unabhängigkeitsbewegung steuerte Frankreich, ebenfalls ein wichtiger Schauplatz der

Dampfschiffsentwicklung, turbulent aber wirtschaftlich geschwächt auf seine Revolution zu. Nach den Versuchen von Jouffroy d'Abbans 1783 hatte man in Frankreich andere Interessen als die Dampfschifffahrt. In diesem Jahr wurde in Versailles die Unabhängigkeit der USA von England akzeptiert, ein Erfolg auch Frankreichs gegen England. Dann aber konzentrierte sich alles auf die Revolution; und da gab es viel zu tun.
1789 wird die Bastille gestürmt, die Feudalordnung wird abgschafft, die Bauern werden befreit, die Menschenrechte erklärt, Kirchen-, Kron- und Emigrantengüter eingezogen, es gibt Papiergeld, Inflation. 1791 wird eine neue Verfassung verkündet, 1792 wird die königliche Familie gefangen genommen, 1793 wird der König hingerichtet und viele andere mehr. 1793 erklärt die Volksdiktatur den Österreichern den Krieg, 1793 erklärt England der Volksdiktatur den Krieg. 1795 wird die Regierung durch ein Direktorium gebildet; dieses gerät in die Abhängigkeit des »kleinen Korporals«: Napoleon ergreift Frankreich, greift nach Europa. 1798 besiegt Nelson bei Abukir die französische Flotte, ohne daß dies im ganzen weiter genützt hätte. Nach dem zweiten Koalitionskrieg 1799 bis 1802 kommt es zu einer kleinen Ruhepause, in der sich Napoleon in Paris etabliert. Es wird eine Invasion gegen England geplant. Napoleon: »Beherrschen wir auf sechs Stunden den Kanal, so sind wir die Herren der Welt!« Kann Napoleon hierzu vielleicht Fultons Erfindungen gebrauchen?
Wenn auch viele der bahnbrechenden technischen Entwicklungen gerade für Kriegszwecke aufgegriffen oder durch Kriege sehr stark gefördert wurden, die Dampfmaschine und das Dampfschiff in ihrer frühen Entwicklungsstufe erlauben sich, hier eine Ausnahme zu sein. In friedlicher Nutzung konnten sie ihre ersten Schritte in die Welt der Wirtschaft gehen. Und doch hatten sie eine ähnlich wichtige Aufgabe zu erfüllen wie ein Kriegsgerät: Sie waren Mittel, mit denen einer Herausforderung begegnet werden mußte, nämlich dem aufkommenden Zwang zu größerer Wirtschaftlichkeit.

Bereits in der ersten Hälfte des 18. Jahrhunderts hatte sich im schroffen Gegensatz sowohl zum alten Zunft- und Monopolgeist als auch zur Beute- und Gewaltidee – ein neuer bürgerlicher Geist enwickelt, der wirtschaftliche Unternehmungen auf eine ganz andere Grundlage stellte. Statt der bedächtigen Arbeitsweise lernte man den Grundsatz schätzen: »Time is money«. Die »heilige Wirtschaftlichkeit« wird oberster Grundsatz. Der neue bürgerliche Geist findet seinen Rückhalt in der protestantischen Ethik, in der Berufsidee des Puritanismus. In diesem Sinne gibt z. B. Benjamin Franklin Ratschläge an junge Geschäftsleute:

> »Wenn Gott Euch einen Weg zeigt, auf dem Ihr ohne Schaden für Eure Seele oder für andere in gesetzmäßiger Weise mehr verdienen könnt als auf einem anderen Wege und Ihr dies zurückweist und den mindergewinnbringenden Weg verfolgt, dann kreuzt Ihr einen der Zwecke Eurer Berufung, Ihr weigert Euch, Gottes Verwalter zu sein und seine Gaben anzunehmen...«.

Daneben wird von den Unternehmern noch ein hohes Maß an Fleiß und Sparsamkeit gefordert, um die Ansammlung von Kapital zu intensivieren. So betrug z. B. in Manchester der abendliche Konsum der Fabrikanten in den Kneipen, wo sie zusammenkamen, nie mehr als 6 Pence für ein Glas Punsch und 1 Pence für eine Rolle Tabak. Die Sparsamkeit und asketische Enthaltsamkeit der Fabrikbesitzer hatte zur Folge, daß die erzielten Gewinne nicht konsumiert, sondern von neuem in die Betriebe angelegt, zur Ausweitung oder Rationalisierung verwandt wurden.

Wie konnte man es aber schaffen, erst einmal Unternehmer zu werden, eine technische Entwicklung vom Ausmaß eines Dampfschiffes zum Gegenstand eines Wirtschaftsbetriebes zu machen, wenn man – wie Fulton – praktisch mittellos war. Abgesehen von der Idee des Dampfschiffes, von dem Wissen, wie man diese Idee verwirklicht, abgesehen auch von der Tatkraft und dem ausreichenden Durchsetzungsvermögen, mit allen Widrigkeiten bei der Realisierung eines solchen Projektes fertig zu werden und auch abgesehen von der späteren wirtschaftlichen Nützlichkeit, mußte doch erst einmal das Objekt als solches in natura geschaffen werden.

Hierzu waren Kapital erforderlich sowie die technische Möglichkeit zur Herstellung. Letzteres sogar in umgekehrter Abhängigkeit zum Kapital: Je unvollkommener die technische Möglichkeit zur Herstellung gegeben war, desto mehr Arbeitsleistung, also auch Kapital, mußte aufgewandt werden. Hatte man nichts weiter zur Verfügung als die grüne Uferwiese, bzw. mußte man für diese gar noch Pacht bezahlen, dann war die Herstellung eines Dampfschiffes ungleich problematischer, als wenn man dies, wie z.B. die Pèrriers, in einem laufenden Werkstattbetrieb fast nebenbei unternehmen konnte.

Will man jenen Punkt in der Geschichte herausfinden, zu dem die Zeit reif war für die Schaffung des Dampfschiffes, so muß er dort zu suchen sein, wo die allgemeine technische Entwicklung so weit fortgeschritten war, daß der Aufwand für die Herstellung der Maschine im richtigen Verhältnis zum Nutzen stand, wenn sich also eine Rendite einstellte. Mußte für ein solches Unternehmen gar erst noch ein Geldgeber davon überzeugt werden, daß sein Kapital sich gut verzinsen würde, dann mußte diese Rendite nicht nur das richtige Maß besitzen, die Kapitalanlage mußte darüberhinaus auch überschaubar, sicher sein.

Bei den ersten Dampfmaschinen, die Newcomen für die Grubenentwässerungen gebaut hatte, konnte der Aufwand für die Errichtung der Maschine durchaus noch recht hoch sein, denn mit ihrem Vorhandensein war der gravierende Tatbestand von Sein oder Nichtsein verknüpft: Die Grube konnte fördern oder nicht. Ohne Maschine mußte sie aufgegeben werden. Letzteres zu vermeiden lohnte es sich durchaus, Maschinenhäuser so hoch wie Kirchen zu bauen; hierfür konnten Grob- und Kunstschmiede, Zimmerleute und Maurer monatelang mit der Herstellung der Anlage beschäftigt sein. Die Maschine eröffnete ja eine neue Dimension, die von der Alternative Pferdeantrieb gar nicht zu erbringen war, auch nicht durch den Einsatz einer noch größeren Zahl von Pferden. Es gab Gruben, da wurden bereits 500 Pferde allein zur Bewältigung des Wasserandranges gehalten. Welch ein Aufwand! Kein Wunder also, wenn da schon die primitivste Dampfmaschine auf das höchste gelobt wurde.

Im nächsten Entwicklungsschritt mußte dann die Dampfmaschine schon etwas rationeller gefertigt werden, mußte billiger sein, denn sie mußte neben einer Verringerung des Brennstoffverbrauchs auch in größeren Stückzahlen schnellstens die Eroberung des bestehenden-Marktes der althergebrachten atmosphärischen Maschine vollbringen. Dies erreichte die Watt'sche Maschine tatsächlich, soweit sie ihren Einsatz in Gruben fand. Wenn sie darüberhinaus auch noch in andere Anwendungsbereiche eindringen wollte, mußte ihr Betrieb dann nochmals billiger werden, billiger jedenfalls als die seinerzeit ständig billiger werdende menschliche Arbeitskraft. Der damals grassierende Verfall der Arbeitslöhne rührte aus einem starken Bevölkerungszuwachs, aus der Freisetzung von landwirtschaftlichen Arbeitskräften infolge von gesteigerten Kolonialeinfuhren sowie aus einer ständigen Verteuerung der Lebenshaltungskosten. Dies zwang die Arbeiter zu hohen Stundenleistungen, ja sogar Frauen und Kinder zur Arbeit bei geringsten Löhnen. 1797 arbeitete der englische Arbeiter gewöhnlich 72 Stunden in der Woche, und das war schon ein Fortschritt im Vergleich zu 1747, wo die meisten Arbeiter 75 bis 80 Stunden zu arbeiten hatten. In dieser Situation war es beispielsweise für

Die Newcomensche Maschine war im Verhältnis zur Leistung so groß, daß sie für einen praktischen Schiffsantrieb wirklich nicht in Frage kam.

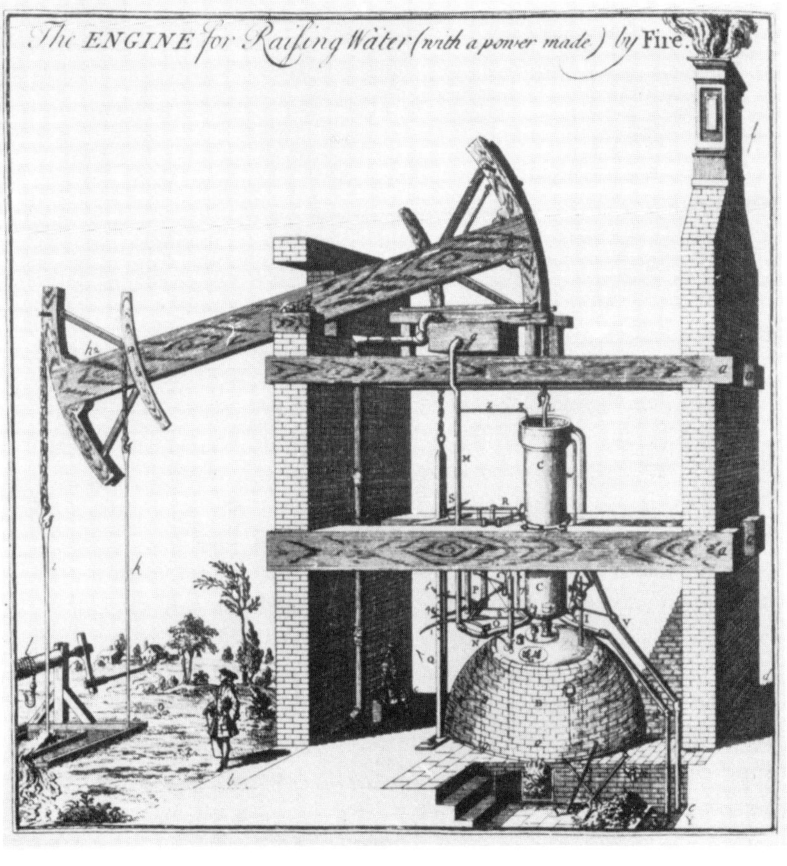

James Watt (1736–1819), bahnbrechender Verbesserer der Dampfmaschine. Er schuf die Maschine, die auch für das Dampfschiff brauchbar wurde, hielt aber eine Beschäftigung mit dem Dampfschiff für Zeit- und Geldverschwendung.

eine Maschinenfabrik wie Boulton & Watt dennoch nicht einfach, eine durch fabrikationsmäßige Herstellung billige Maschine zu schaffen, denn es gab große Schwierigkeiten, eine größere Anzahl von Fachkräften mit der nötigen Qualifikation zur Bearbeitung der Maschinenteile in einem größeren Fabrikbetrieb rationell zusammenzuziehen. Die Arbeiterschaft in den Fabriken rekrutierte sich normalerweise aus Bauern, die das platte Land verlassen hatten, aus entlassenen Soldaten, aus Armen und Waisen, die der Gemeindefürsorge zur Last fielen, kurz aus den Letzten aller Klassen. Mit diesen Leuten war keine Dampfmaschine zu fertigen, und die hausindustriellen Kleinmeister waren zu teuer bzw. zu schwer zu bewegen, in einer Fabrik zu arbeiten. Hier war also ein technologischer sowie ein sozialer, arbeitsethischer Prozeß erforderlich, um die wirtschaftliche Herstellung der Maschine überhaupt in Gang zu bringen.

Noch knapper kalkulierte sich dann die Wirtschaftlichkeit einer Dampfmaschine für den Schiffsantrieb, denn die Konkurrenz des

Pferdes beim Treideln und vor der Kutsche war nicht so leicht zu schlagen, wie das John Fitch bereits erfahren hatte. Immerhin erreichten zweispännig getreidelte Personenboote auf Kanälen schon eine Geschwindigkeit von 9 Meilen pro Stunde. Die Schwelle der Nutzbarkeit lag also schon recht hoch. Hinzu kam, daß das Maschinengewicht – bei stationären Anlagen fast unwichtig – sogleich die Ladefähigkeit des Schiffes, also seine Ertragsbasis, enorm reduzierte.
Der Einstieg in den Schiffsantrieb konnte folgerichtig zunächst nur im Passagierbetrieb und später, als es stärkere Maschinen gab, im Schleppbetrieb erfolgen, da in diesen Fällen das verlorene Ladungsgewicht nicht ganz so entscheidend war. Darüber hinaus ließ sich eine Realisierung des Dampfschiffes nur auf Fahrstrecken denken, die die Brennstoffversorgung in einer Weise ermöglichten, daß nicht auch noch ein großer Brennstoffvorrat über weite Strecken an Bord mittransportiert werden mußte. Eine derart hohe, technisch kaum erfüllbare Anforderung an den Wirkungsgrad der Maschine, der Feuerung und der Antriebsmechanik machte eine Verbilligung der Herstellung, eine Senkung der Anschaffungskosten zu einer zwingenden Vorbedingung, um überhaupt noch zu einem wirtschaftlichen Schiffsbetrieb zu kommen. Und selbst das genügte immer noch nicht, die Maschine mußte auch in ihrer Betriebssicherheit wirtschaftlich brauchbar sein. Für die Schiffsmaschine war, alles zusammen betrachtet, eine Fertigungsreife erforderlich, wie sie nur aus industrieller Fertigung in größeren Stückzahlen bei qualifizierter Herstellung resultieren konnte. Eine derartige Ausreifung war jedoch unmöglich mit der geringen Wirtschaftlichkeitsspanne beim Schiffsantrieb selbst zu finanzieren, die Entwicklung mußte zuvor im Bereich der stationären Anwendung weit genug vorangetrieben werden. Eigentlich gilt das für Schiffsmaschinen sogar heute noch!
Um aber einen aus hohen Stückzahlen bzw. aus breiter Erfahrungsbasis resultierenden Reifegrad der Dampfmaschine zu erhalten, war gleichzeitig ein Entwicklungsprozess in der Eisengewinnung und -verarbeitung erforderlich. Dieser war an den unerträglich hohen Holzbedarf jener Zeit geknüpft. Seit dem 17. Jahrhundert hatte die Entwaldung der mitteleuropäischen Berge einen beängstigenden Umfang angenommen. Es war die Zeit, in der die riesigen Holländerflöße den Rhein hinabtrieben, in Größen von etwa 15000 cbm wertvollen Eichenholzes für den holländischen und englischen Bedarf. Holz, als

Baumaterial für Häuser und Schiffe, für mechanische Geräte und Maschinen, zur Feuerung von Dampfmaschinen und in der Glas- und Porzellanindustrie, vor allem aber Holz zur Verhüttung von Eisen wurde in einem so ruinösen Maße verbraucht, daß ernstlich die Gefahr eines Zusammenbruchs der europäischen Wirtschaft bestand. Abhilfe konnte nur dadurch geschaffen werden, daß Holz überall dort, wo es schlicht nur verbrannt werden sollte, durch Kohle ersetzt werden mußte. In diese Rolle wuchs die Kohle mehr und mehr hinein. Damit konnte die erste Energiekrise der Welt elegant und lautlos gemeistert werden, noch bevor man sich allgemein einer solchen Krise bewußt geworden war.

In der Eisenerzeugung wurde ab der Mitte des 18. Jahrhunderts die Nutzbarkeit von Koks entdeckt. Die allgemeine Verbreitung dieses neuen Verfahrens der Roheisengewinnung, bei der die Kohle in der Form von Koks das Holz ersetzte, trat aber erst dann wirksam ein, als auch die weiteren Produktionsstufen, die Umwandlung des Roheisens in Stabeisen verfeinert wurden, was ebenfalls nur mit einer Erhitzung durch Kohle möglich waren. In den achtziger Jahren kam das Puddelverfahren auf, und die Roheisenerzeugung stieg z. B. in England von 12000 – 17000 t um 1750 auf 244000 t im Jahre 1806. Stahl wurde zunehmend besser und billiger, und es wurden auch gleichzeitig mehr Maschinen zur Kohleförderung und für andere Zwecke gebraucht. Die Maschinenentwicklung blüht auf. 1760 wird die Drehbank erfunden, 1776 ist die erste brauchbare Bohrmaschine da, ab 1795 können Schrauben maschinell geschnitten werden. Die Nachfrage nach Maschinen aller Art und die technische Möglichkeit, sie herzustellen, steigerten sich gegenseitig so weit, daß um 1800 unter dem Strich etwa zu verzeichnen war: Eine Schiffsdampfmaschine konnte nunmehr tatsächlich ihren ersten Schritt in die Welt wagen.

Daß das Dampfschiff nun allmählich auch wirklich gebraucht wurde, war einerseits im Zuge des allgemeinen Strebens nach gesteigerter Wirtschaftlichkeit zu verstehen. Wenn z. B. Lord Dundas die teueren Treidelpferde des Forth-&-Clyde-Kanals ersetzen wollte, dann eben aus diesem Grunde. Hier wird auch der Unterschied zu früheren Phantastereien bei der Dampfschiffserfindung deutlich, auch wenn diese mit noch so viel Enthusiasmus und Vermögenseinsatz dargeboten wurden. Man denke nur an den verbissenen Fanatismus, mit dem

Die Wattsche Dampfmaschine mit Schwungrad. Den Planetentrieb zwischen Pleuelstange und Schwungrad mußte Watt wählen, weil der bessere Kurbeltrieb bereits patentrechtlich geschützt war.

der Graf Jouffroy d'Abbans hoffte, zu Ruhm und Reichtum zu gelangen: Nachdem seine ersten Bemühungen um das Dampfschiff lediglich das Ergebnis zeitigten, daß er finanziell total ruiniert war, soll er einen Flügel seines Stammschlosses haben abtragen lassen, um wieder über Holz und Eisen für eine neues Schiff zu verfügen.
Die andere Seite des Bedarfs war eine immer zwingender werdende verkehrstechnische Notwendigkeit, besonders in der neuen Welt. 1803 verkaufte Napoleon das Territorium Louisiana an die Vereinigten Staaten. Louisiana ist nicht zu verwechseln mit dem heutigen US-Staat gleichen Namens, es war vielmehr ein Landstrich, die ganze Linie des Mississippi hinauf bis in die Höhe der großen Seen und weit nach Westen ausgedehnt, ungefähr 13 der heutigen US-Staaten umfassend. Ein weites Land, das besiedelt werden wollte; die großen, weit übers Land greifenden Flußsysteme des Mississippi und Missouri boten ihre Hilfestellung an, wenn ..., ja wenn man sie bergwärts befahren konnte, wenn man ein Dampfschiff hatte. Die Vision von John

Fitch rückte in eine realistischere Nähe: 1793 hatte er prophezeit, daß das Dampfschiff

> »...bald dazu dienen wird, die Urwälder Amerikas zu bevölkern und uns (die USA) zum größten Reich der Erde machen wird.«

Waren es in Amerika die unkultivierten Flüsse, deren Ufer nicht durch Treidelpfade zivilisiert waren, so bot Europa ein mittlerweile weit verzweigtes Wasserstraßennetz, das bereit war, ein wirtschaftliches Dampfschiff aufzunehmen. Der zunehmende Transportbedarf hatte besonders zuerst in England in der Zeit von 1790 bis 1825 einen lebhaften Kanalbau hervorgerufen. Auch in Preußen wurden Kanäle gebaut, zwischen 1786 und 1836 rund 800 km. Frankreich kümmerte sich bald nach der Revolution um solche. Die Schiffahrt auf Kanälen und Flüssen erlebte einen rasanten Aufschwung und fand lebhaftes Interesse bei Staatsmännern und Unternehmern. So hat z.B. Freiherr von Vincke als Oberpräsident der Provinz Westfalen dem gerade entstehenden Hafen in Ruhrort sein besonderes Interesse gewidmet. Auch Freiherr vom Stein tat dies, als er 1800 in Duisburg weilte. Auf dem Rhein blühte die »Beurtschiffahrt«, ein regelmäßiger Liniendienst. Die Ruhr war bis Herdecke mit Staustufen und Schleusen ausgebaut. Stapelrechte und Zölle wurden langsam der in Frankreich erfundenen Gewerbefreiheit geopfert. Die Schiffahrt wurde freizügiger, sie wurde zu einem wichtigen Glied in den Volkswirtschaften, oder wie es ein Schiffer in einem Schreiben an die Stadt Frankfurt ausdrückte:

> »...als die Erhabenen Verbündeten auf dem Kongresse in Wien sich mit dem Wohle ihrer Völker beschäftigten, entginge ihrer höchsten Weisheit nicht, daß auch die Schiffahrt von wesentlichem Belange sei.«

Man benötigte dichte und regelmäßige Verkehrsverbindungen für Personen und Güter, und das in wachsendem Umfang. Die Eisenbahn war noch nicht erfunden, geschweige denn entwickelt, erprobt und mit einem Schienennetz verbreitet. Der interessanteste Verkehrsweg war seit Jahrhunderten die Wasserstraße, und er wurde immer intensiver genutzt. Als später die Eisenbahnen – zunächst in England – dennoch ihren Weg nahmen, waren es dort vor allem Kanalbesitzer, die die öffentliche Stimmung gegen die Bahn aufheizten, weil sie um ihre kolossalen Gewinne fürchteten.

Während sich Fulton um 1800 mit dem Dampfschiff zu beschäftigen begann, gab es an die Eisenbahn überhaupt noch keinen Gedanken.

Das Dampfschiff hatte eine phantastische und unwiederbringliche Chance, gerade jetzt seinen Einzug in die aufbereitete Verkehrswirtschaft zu halten. Kein Zweifel, als Fulton sein erstes Dampfschiff baute, waren alle Randbedingungen gerade günstig wie nie, waren alle erforderlichen Begleitentwicklungen weit genug ausgereift, wollte und konnte man das Dampfschiff haben.

Hatte Fulton die verkehrswirtschaftliche Lage in dieser Weise erkannt und sich deshalb überhaupt mit dem Dampfschiff beschäftigt? Hätte er – andersherum gefragt – auch eine andere Erfindung aufgegriffen, wenn sie gerade Aussicht auf Erfolg versprochen hätte? Oder wie kam eigentlich Fulton gerade auf das Dampfschiff – bzw., wieso kam gerade Fulton auf das Dampfschiff?

## *Kunst und Technik*

Mit 28 Jahren hatte Robert Fulton gerade begonnen, in der zunächst von ihm eingeschlagenen künstlerischen Laufbahn als Maler richtig Fuß zu fassen, da wechselte er abrupt und gründlich seine beruflichen Neigungen und wandte sich voller Begeisterung der Technik zu. Was ihn dazu veranlaßt hatte, ist heute nicht mehr feststellbar. Vielleicht fand er, wie auch heute noch viele Altersgenossen, daß ein Mann mit 30 Jahren einfach mehr verdienen müsse. Sicherlich war ein solcher Wechsel damals leichter als heute, wo niemand sich unterstehen könnte, so aus dem Stand einer mittelmäßigen Allgemeinbildung heraus, und mit einem abgebrochenen Kunststudium als Hintergrund, auf einmal einen Ingenieurberuf praktizieren zu wollen. Es wäre hingegen sicher verfehlt, so weit gehen zu wollen, Fulton als Maler und Techniker gleich in einem Atemzug mit dem Genie Leonardo da Vinci zu nennen. Auch die Überlieferung, daß im aristotelischen Sinne der Begriff »Techne« die auf das Herstellen gerichtete Kunst meint, erklärt die Befähigung für den fliegenden Wechsel nicht. Philosophisch zu vertiefen, daß es da doch gewisse Vorstellungsverknüpfungen zwischen einer imaginativen und einer konstruktiven Betätigung gibt, wollen wir uns ersparen. Bleiben wir schlicht bei der bekannten Formel:

Schiffbau ist Kunst!

Nun wird diese knappe Feststellung allerdings kaum genügen, um den vollständigen Hintergrund der Befähigung Fultons darzulegen, mit der er als Maler ein Dampfschiff bauen konnte. Um herauszufinden, wie und mit welchem Rüstzeug er sich an den Bau eines Dampfschiffes heranmachte, müssen wir etwas in seiner Lebensgeschichte blättern, auch in jenem Abschnitt, der vor seiner technischen Ära liegt. Kritisch hinterfragend gilt es festzustellen, ob er für seine technischen Arbeiten womöglich nichts weiter als das geschulte Auge des Malers zum erfolgreichen Abgucken mitgebracht hatte.

Robert Fultons Lebensweg hatte 1765 in Little Britain, einer kleinen Stadt in der englischen Kolonie Pennsylvania in Nordamerika begonnen. Als erster Sohn nach drei Mädchen war er in eine nicht gerade begüterte Kleinbürgerfamilie geboren. Der Vater, zuvor Angestellter in öffentlichen Diensten in Lancaster, hatte sich soeben – nicht sehr erfolgreich – als Farmer versucht. 1766 brachte er die Familie zurück nach Lancaster, wo noch ein zweiter Sohn geboren wurde. Seinen Söhnen konnte der Vater nicht lange Vorbild und Erzieher sein, er starb 1768. Die Mutter Mary, auch irischer Abstammung wie die Fultons, mußte die angezahlte und inzwischen verpachtete Farm verkaufen. Sie war wohl eine Frau mit höherer Bildung und konnte in dieser sicher recht sorgenreichen Zeit wenigstens die Kinder zunächst selbst unterrichten, bis der kleine Robert zu einem Quäker in die Schule geschickt werden konnte. Ein solcher Lehrer, dem die engstirnigen scholastischen Ideen und Methoden einer bereits überholten Zeit zu eigen waren, konnte nicht der richtige Erzieher für einen aufgeweckten, freiheitlichen Geist sein. In der Schule zeichnete sich unser Robert somit auch nicht besonders aus. Er war wohl recht eigensinnig und hatte selten befriedigende Noten. Er entwickelte dennoch dabei etwas Positives, eine Neigung zur Malerei. Möglicherweise war dies eine Ausflucht, die sein schöpferischer Geist ohne viel Aufwand ergreifen konnte.

Mit 17 Jahren verließ Fulton seine Vaterstadt, um in Philadelphia sein Glück zu machen. In dieser Metropole des jungen Staates Pennsylvania, der die Freiheit auf seine Fahne geschrieben hatte, konnten Kunst und Wissenschaft vortrefflich aufblühen. In Philadelphia hatte man für Amerika die erste philosophische Gesellschaft gegründet, die erste Bibliothek eingerichtet, ebenso die erste medizinische und juristische Fakultät, die erste Druckerpresse war hier aufgestellt worden, und bis zu den Unabhängigkeitskriegen wurden hier mehr Bücher gedruckt als in allen anderen Kolonialstaaten zusammen.

Womit sich Fulton in dieser Stadt anfangs beschäftigte, ist nicht genau bekannt. Es gibt Berichte, wonach er zunächst Uhrmacher oder Goldschmied werden wollte, aber irgendwann wurde er in einem amtlichen Papier als »Miniaturmaler« bezeichnet, und 1786 soll er einen eigenen Laden eröffnet haben, unweit des Delawareflusses, wo John Fitch gerade begann, sich mit Dampfschiffsversuchen abzumühen. Ob Fulton von diesen ersten, noch nicht funktionierenden Basteleien mehr mitbekommen hat als das gewöhnliche Volk von Philadelphia? Wohl kaum, denn seine Interessen galten der künstlerischen Welt, schwebten sozusagen noch »über den Wassern«. Da er zudem anscheinend

Robert Fulton. Ein Porträt von Benjamin West im Alter von etwa 30 Jahren. In dieser Zeit verfaßte er seine »Abhandlung über die Verbesserung der Kanalschiffahrt«. Zwei Jahre zuvor hatte er seine ersten Gedanken zum Dampfschiff entwickelt.

auch eine Persönlichkeit mit angenehmen Manieren war, konnte er Zugang zur besseren Gesellschaft finden. So hatte er eine gute Bekanntschaft zu Benjamin Franklin. Ihn hat er porträtiert, und Franklin war es, der Fulton den Rat gab, seine künstlerischen Fähigkeiten im alten England zu vervollständigen.

Fulton hatte mit seiner Malerei wohl inzwischen sogar etwas Geld verdient, mit dem er jetzt durch den Ankauf eines kleinen Bauernhauses seine Mutter versorgen konnte. Dann findet ihn die Chronik wieder im Jahre 1787 im Alter von 21 Jahren in London. Mit nur 40 Guineen in der Tasche war er dort eingetroffen; aber fehlendes Geld war noch nie ein unüberwindliches Hindernis für einen jungen Mann voller Energie und Enthusiasmus, und schließlich hatte er ein Empfehlungsschreiben von Franklin an einen diesem bekannten Maler namens West vorzuweisen.

Im alten England begann Fulton seinen Weg recht und schlecht. Seine materielle Situation mag man aus einem Brief von 1789 an seine Mut-

ter ersehen: Er empfahl ihr, ihre Briefe klein und eng zu schreiben, weil die Schiffe die Post oftmals schon im ersten Hafen an Land gaben und er für die Landbeförderung nach Gewicht nachzahlen mußte; auch möge sie doch dünnes Papier verwenden, dann könne sie ihm ein Pfund Neuigkeiten auf einer Unze Papier mitteilen und er würde noch eine Guinea sparen. Sparsam mußte er also sein. Aber er war nicht beschäftigungslos und nicht ganz ohne Einkommen.
In Ausübung seiner Malerei verließ Fulton zeitweilig London, malte Portraits in Exeter, war 1790 kurz in Frankreich, fand in Devonshire Kundschaft, stellte 1793 in der Royal Society aus, kurz gesagt, er war in der sorgenden Obhut des Malers West gut beschäftigt und entwikkelte sich nicht unbeachtlich in seiner künstlerischen Laufbahn, – und auf einmal fand er Gefallen an der Technik. Er baute eine Sägemaschine für Marmor, die crfolgreich zum Einsatz kam und für deren Modell ihm die Gesellschaft zur Förderung von Kunst, Handel und Handwerk 1794 eine Silbermedaille verlieh. Da war es also geschehen: Fulton war Ingenieur geworden.
In seiner neuen Profession wandte sich Fulton sogleich einem in dieser Zeit sehr erfolgversprechenden technischen Bereich zu, dem Kanalbau. Überall gab es Kanalbauprojekte, der Bedarf an Verkehrsleistung stieg und stieg mit der wachsenden Industrie. Allein zwischen 1790 und 1794 wurden in England nicht weniger als 81 Kanal- und Schiffahrtskontrakte ausgelegt. Mit Kanalaktien konnte man Geld verdienen, Kanaltechnik war gefragt. Aufmerksam geworden durch die Beschreibung eines Kanalprojektes, das der Earl of Stanhope verwirklichen wollte, ein Mann, dem die Technik manche wichtige Anregung auf den verschiedensten Gebieten zu verdanken haben wird, schrieb Fulton diesen am 30. September 1793 an. Er fügte eine Skizze bei, wie er sich den Verzicht auf Schleusen vorstellte und informierte seine Lordschaft auch darüber, daß er ein Projekt bearbeite, das den Antrieb von Schiffen mittels Dampf betreffe.
Da war es also. Fultons erster Gedanke an das Dampfschiff. 1793. Das Dampfschiff als Teil eines Verkehrssystems.
Lord Stanhope klärte Fulton höflich auf, daß seine Idee, Schiffe über Schrägaufzüge von einem zum anderen Kanalniveau zu ziehen, nicht gerade neu sei – dies sei schon vor 16 Jahren beschrieben worden – doch er sei durchaus an den neuen Ideen für ein Dampfboot interessiert, denn auf diesem Gebiet habe er selbst schon wichtige Entdek-

kungen gemacht. Diese wichtigen Entdeckungen Seiner Lordschaft betrafen einen Antrieb wie durch den Fuß eines Wasservogels, betätigt durch eine Treibstange in Verlängerung des Kiels, angetrieben durch eine Dampfmaschine. Darauf hatte der Lord 1790 ein Patent erhalten.

Zu seinen ersten Ideen für ein Dampfschiff wollen wir dem jungen Ingenieur persönlich das Wort erteilen. Fulton schreibt im November 1793 an den Earl of Stanhope:

> »... mein erster Entwurf war, die Schwanzflosse eines Lachses zu imitieren, hierzu verwendete ich einen starken Bogen, der durch eine Dampfmaschine gespannt werden sollte, um Kraft zu sammeln, die auf das Ende eine Paddels wirken sollte und wie in Bild 1 gezeigt, beim Loslassen das Schiff vorwärts treiben sollte. Das Modell hatte ich gemacht so wie in Bild 1 exakt wiedergegeben und ich fand, daß es vorwärts sprang proportional zur Spannung des Bogens, ca 20 yards (ca. 18 m), aber beim Zurückführen des Paddels wurde die Kontinuität der Bewegung unterbrochen. Dann bemühte ich mich, es in eine drehende Bewegung zu bringen, was ich erreichte, indem ich 2 Paddel an einer Achse anordnete, dann bewegte sich das Boot ruckweise. Der Zwischenraum zwischen den Schüben war zu groß. Dann brachte ich 3 Paddel an, die einen gleichwinkligen Dreischenkel bildeten und brachte sie in eine drehende Bewegung durch den gespannten Bogen. Ich fand, es bewegte sich in einer gleichmäßigen Bewegung etwa 100 yards mit demselben Bogen, der es zuvor 20 yards getrieben hatte.
>
> Bild 2 zeigt mein gegenwärtiges Modell, das zwei gleichwinklige Dreischenkel hat, auf jeder Seite des Bootes einen, bewegt von einer gemeinsamen Achse quer zum Schiff und mit den Dreiecken sich bewegend. Dies, Mylord, ist der experimentelle Weg, der mich zu den dreiwinkligen Paddeln führte, was auf den ersten Blick die Idee eines Rades mit senkrechten Rudern vermittelt, die nicht länger im Wasser sind als sie arbeiten. Ich fand in wiederholten Versuchen, daß drei oder sechs besser reagieren als jede andere Zahl, da sie sich nicht entgegenwirken. Wenn sie etwas höher über Wasser hängen, gibt es einen geringen Raum, von dem Wirken des einen bis zum Eintritt des anderen, es tritt vergleichbar senkrechter ins Wasser ein, wie die punktierte Linie zeigt, die den Kreisbogen im Wasser darstellt.
>
> Euere Lordschaft möge bitte beachten, in dem kleinen Rad mit den vielen Paddeln A, B, C und D streichen mehr flach ins Wasser und werden größer, während nur E wirklich das eine ist, das zieht, die anderen

arbeiten ihm entgegen und leisten einen fruchtlosen Dienst; während E das Schiff vorwärts treibt, drücken es B und A ins Wasser und C und D heben es heraus: Bei Entfernen aller Paddel außer E bewegt es sich geradlinig. Die senkrechten, dreiwinkligen Paddel werden gehalten in einem gußeisernen Rad, das überhängt über dem Wasser, es wirkt als Schwungrad und als Halterung für die senkrechten Paddel. Dieses Boot habe ich wiederholt fahren lassen und fand es stets in einer Entfernung, proportional zur vorgespannten Kraft. Bezüglich der Formgebung von Dampfschiffen bin ich der Meinung, daß sie lang, schmal und flach im Boden sein müssen, mit einem Flachkiel, da ein flaches Schiff nicht so

Robert Fultons erste Ideen zu einem Schiffsantrieb aus dem Jahre 1793. Die dargestellte Bogenfeder war nur ein Hilfsmittel zum Antrieb des Modells.

> viel Wasserverdrängung hat, hat es folglich auch nicht so viel Widerstand ...«

Soweit also Fulton selbst zu seinen ersten ingenieusen - oder soll man sagen präingenieusen – Dampfschiffsgedanken. Also schön, ins Schwarze getroffen hat er nicht auf Anhieb, doch kann man seine Arbeit aber schon von einem ingenieurmäßig-methodischen Vorgehen geleitet sehen, und das Ergebnis darf durchaus als entwicklungsfähig bezeichnet werden. Interessant ist hingegen festzustellen, daß Fulton offenbar keine Ahnung hatte, was auf diesem Gebiet bisher schon alles versucht worden war. Um so bewundernswerter ist die gewaltige Anstrengung, die diesem Manne vom Beginn seiner Idee an bis zu ihrer Verwirklichung bevorstehen sollte.

Lord Stanhope war von Fultons Ansichten gar nicht sonderlich angetan. Er stand halt noch auf dem Entenfußpaddel. Dieses System realisierte er 1795 in einem Versuchsschiff namens *Ambi-Navigator Kent*, das mit einer 12-PS-Boulton & Watt-Maschine ausgerüstet war. Das Ergebnis konnte mit 3 bescheidenen Meilen pro Stunde im stillen Wasser nicht überzeugen. Er verließ dieses Projekt, und auch Fulton hatte wichtigeres zu tun. Der zog es nämlich vor, die große Linie zu verfolgen; beim Kanalbau wollte er dabei sein.

Fulton hatte die Vision von den kleinen Kanälen. In seinem 1796 veröffentlichten Buch mit dem Titel »Abhandlung über die Verbesserung der Kanalschiffahrt« beschreibt er Kanäle, die bei minimalem Profilquerschnitt mit geringsten Baukosten herzustellen waren, die dagegen aber mit einem engmaschigen Netz einen schnellen und umfassenden Verkehr mit kleinen Lasten ermöglichen sollten. Einfach sollte alles sein, auf Schleusen konnte gleich ganz verzichtet werden, besonders dort, wo der Wasservorrat knapp war. Statt der Schleusen sollten schräge Ebenen eingerichtet werden, über die die Schiffe – mit Rädern versehen – auf das andere Kanalniveau gebracht werden konnten. War die Landschaft steiler, sah das System ausgeklügelte Hebewerke vor, mit denen Schiffe an Seilen senkrecht gehoben oder gesenkt werden sollten. Das war nun nicht gerade etwas Neues, so etwas soll es in China schon vor tausend Jahren gegeben haben, und auch in England kannte man dieses System. Dennoch erhielt Fulton am 8. Mai 1794 tatsächlich ein englisches Patent für seine Schiffsaufzüge. Aus der Patentbeschreibung geht hervor, daß er jeweils zwei

Für die von ihm erfundenen »kleinen Kanäle« konstruierte Fulton verschiedene Schiffsaufzüge. Bei aller technischen Unausgereiftheit erhielt er darauf dennoch ein englisches Patent.

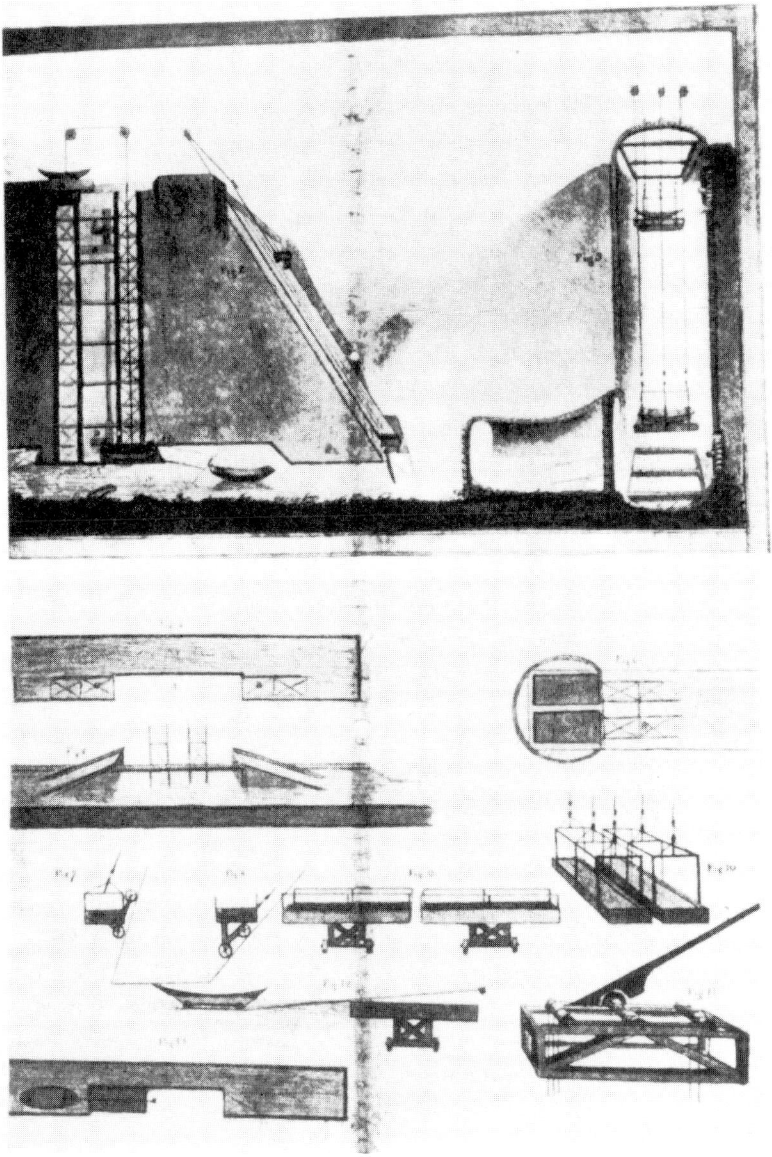

Schiffe gegenläufig bewegen wollte, und zwar sollten sie in ausbalancierten Wasserkästen an Seilen hängen. Wie die Schiffe in die Tröge hinein kommen sollten, ist nicht zu erkennen. In späterer Fachkorrespondenz mit Lord Stanhope wird erörtert, daß die Verschlüsse der Tröge wohl lecken würden, so daß »die Ladung des unteren Schiffes mehr naß als trocken sein würde.« Fultons Biograph Dickinson meint zu diesen Hebewerken: »Es ist schwer, besonders für einen geschulten Sachverstand, in dieser Spezifikation etwas anderes zu sehen als eine unreife, schlecht verdaute Idee; bessere Methoden, viel praxisgerechter ausgearbeitet, waren bereits im Gebrauch.« Der Biograph Matschoss ist großmütiger in seinem Urteil: »Wer will es der Jugend allzu übel nehmen, wenn sie zuweilen glaubt, die ganze Welt habe auf ihre Gedanken gewartet. Die Jugend erfährt noch früh genung, wie alt oft das von ihr neu Gedachte schon ist.«
Fulton bemüht sich um seine Idee. Er strengt sich mächtig an und ist enorm fleißig. Für einige Jahre ist er nur noch mit Kanalschiffahrt beschäftigt, bereist verschiedene Kanäle, studiert ihre Bauweise, ihre wirtschaftliche Entwicklung. Die Idee von den kleinen Kanälen hat ihn gepackt und läßt ihn nicht ruhen. Zur leichteren Herstellung solcher Kanäle erfindet er eine Grabemaschine.

Er lernt den Tuchfabrikanten Owen kennen, mit dem er im Dezember 1794 einen Vertrag zur Auswertung der Grabemaschinen-Erfindung schließt und von dem er sogar einen guten Vorschuß erhält. Irgendwann muß er jedoch eingesehen haben, daß er sich mit seiner Grabemaschine auf einen technischen Holzweg begeben hat; in seiner 1795 verfaßten »Abhandlung über die Verbesserung der Kanalschiffahrt« verschweigt er diese still und heimlich.

Was hat nun unser Künstler und Ingenieur im weiteren Verlauf seiner Bemühungen dazugelernt, das ihn befähigen konnte, später ein Dampfschiff zu bauen? Welche Fehler anderer Erfinder konnte er erkennen, um sie selbst zu vermeiden? Auf welche Weise hat er sein Ziel, ein Dampfschiff zu bauen, weiterverfolgt? Nun, hier ist zunächst

---

▶ Die Grabemaschine, mit der Fulton Kanäle bauen wollte. Er hatte die Vision von kleinen Kanälen, die sich ständig weiter zu einem dichten Netz ausbreiten sollten.

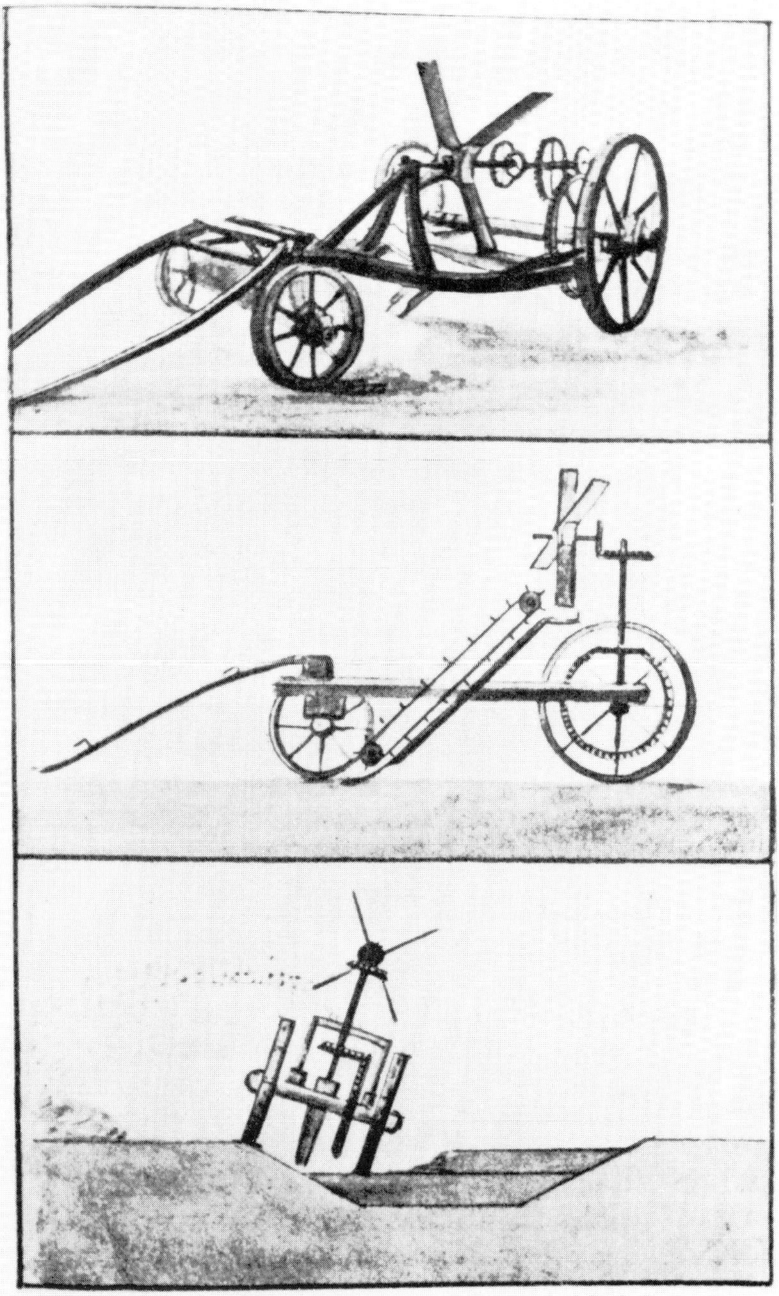

klarzustellen, daß Fulton damals nicht speziell am Dampfschiff interessiert war, er wollte seine kleinen Kanäle bauen. Das Dampfschiff konnte dann später ein Baustein im Betriebssystem der Kanäle werden. Allerdings wird er im Zusammenhang mit seinen Kanalstudien doch mit Dampfschiffsprojekten in Berührung gekommen sein, mindestens beobachtenderweise.

Das Projekt jener Lordschaft mit dem Entenfuß hatte bereits Erwähnung gefunden; das war ihm also bekannt. 1793 hielt sich der Amerikaner Rumsey in London auf, um ein Patent auf sein wasserstrahlgetriebenes Dampfboot zu nehmen. Es gibt Berichte, wonach Fulton zu seinem Landsmann in freundschaftlichem Kontakt stand. Die Versuche auf der Themse hat Fulton jedenfalls verfolgt, denn in einem seiner Notizbücher ist ein Eintrag vermerkt: »Messrs. Parker und Rumsies Experimente zum Schiffsantrieb« und das magere Ergebnis von 4 kn erklärt sich Fulton so: »Es scheint, daß die Maschine nicht voll belastet war, daß das Wasser viermal zu hoch gepumpt wurde und daß das Rohr, in dem das Wasser zulief, fünfmal zu klein war.« Dieser Kommentar zeigt, daß Fulton die Sache wohl einigermaßen genau beobachtet, aber nicht verstanden hat. Den wirklichen Fehler Rumseys erkannte er nicht. Der hatte nämlich zum Antrieb des Wassers eine Kolbenpumpe benutzt und mußte folglich bei jedem Hub das gepumpte Wasser relativ zum Boot beschleunigen und abbremsen. Da konnte nicht viel an Wirkungsgrad übrig bleiben.

Des weiteren hatte Fulton möglicherweise von Versuchen erfahren, die ein gewisser John Smith in jener Zeit auf dem Bridgewater Kanal mit einem Radboot anstellte. Smith verwendete eine atmosphärische Balanciermaschine und erreichte eine Geschwindigkeit von 2 Meilen pro Stunde. Wahrscheinlich ohne etwas davon zu ahnen, bestätigte Smith damit jene Voraussage Bernoullis aus dem Jahre 1753. Wie beruhigend zu erkennen, daß die Physik des Schiffsantriebes doch zu den exakten Wissenschaften zu gehören scheint. In diesem Falle hat Fulton möglicherweise doch den elementaren Fehler, das grobe Mißverhältnis einer solchen Technik, erkannt. Vielleicht war dieser sogar der Anlaß, jetzt bei Boulton & Watt ein detailliertes Angebot für eine »kleine, leichte, rotierende Maschine zu erbitten, mit genauen Angaben über die dafür erforderliche Schiffsgröße, das Kohlengewicht für 12 Stunden, und den erlaubten Verbrauch pro Pferd.« Die Maschinenfabrik Boulton & Watt hatte jedoch seinerzeit noch keine Abteilung zur Bearbeitung von Schiffsprojekten, weshalb die Anfrage unbeantwortet blieb.

Hat Fulton auch Symingtons berühmte *Charlotte Dundas* gesehen? Er hat. Aber wann? Symington notierte: »Im Juli 1801 kam ein Fremder zum Kanalufer und fragte nach mir. Er war sehr höflich und stellte sich als Mr. Fulton aus Nordamerika vor, und er wolle in ein paar Monaten auch wieder dorthin zurück... « Aber diese Notiz hat Symington erst Jahre später geschrieben. Die Jahreszahl 1801 kann ja auch nicht stimmen: Die *Charlotte Dundas* ging erst 1802 in Fahrt. Wenn man Fultons Wege verfolgt, können sie erst 1804 nach Schottland zu Symington geführt haben, zu einem Zeitpunkt also, in dem er tatsächlich seine baldige Rückkehr nach Amerika geplant hatte. Als wichtig sei aber an dieser Stelle festgehalten, daß Fulton nichts von Symingtons Ideen übernommen hat. Symington hatte mit der liegenden Maschine ohne Schwungrad, mit dem ins Heck eingebauten Rad, das einfach über eine Pleuelstange mit Kreuzkopf getrieben wurde, ein viel besseres technisches Konzept verwirklicht, als Fulton es je verwendet hat.

Daß Fulton sonst noch etwas Brauchbares in Sachen Dampfschiff bei anderen Kollegen studiert haben konnte, ist unwahrscheinlich. In seinem ausgeprägt offenen fachlichen Briefwechsel, den er mit Lord Stanhope pflegte, hätte er sich mit diesem darüber sicherlich ausgetauscht, so wie er es ja auch 1796 tat: An Stanhopes unglückliches Schiff denkend, fragte er damals hinweisend nach, »...haben Euere Lordschaft von jenem Gentleman gehört, der eine Maschine konstruiert haben soll, die mit expandierender Luft bzw. zündfähiger Luft aus Teergas arbeitet?« Gemeint war hier der Alkoholmotor (jawohl, mit Weingeist lief derselbe!), den der Landpfarrer Dr. Cartwright 1797 patentieren ließ. Diesen fleißigen Erfinder, der u. a. auch eine Kammgarnwebmaschine erfand, lernte Fulton später persönlich kennen, und das war für seine weitere Ingenieurbildung sicherlich recht vorteilhaft.

»Civil Engineer« nannte sich Fulton als Verfasser jenes Kanalschiffahrtstraktates. Ein Titel, der keiner definierten Profession zuzuordnen war, den Fulton aber auch nicht zu führen berechtigt war. Er war schließlich kein praktizierender Ingenieur, noch nicht einmal als Assistent an irgendwelchen Ingenieurwerken war er beteiligt. Seine damaligen technischen Projekte verdienen in ihrer Ausarbeitung noch kein besonderes Lob. Es fehlte ihm wohl noch an theoretischer Vorbildung. Er war darauf angewiesen, alle Studien ganz von vorne und ganz elementar aufzugreifen; es blieb ihm nichts anderes übrig, als alle Fehler selbst zu machen. Seine damaligen Vorschläge erinnern sehr an die Sandkastenspiele eines durchaus recht phantasiebegabten Knaben, ja ... nun... viel mehr war es wirklich nicht. Doch vielleicht war es gerade das, was ihn weiterbrachte; möglicherweise war ausgerechnet diese Unbefangenheit eine wichtige Grundlage, die richtige Denkweise, die zur Durchsetzung des Dampfschiffes unabdingbar war. Vielleicht war es gerade diese Kombination spielerischer Träumerei mit technischer Ernsthaftigkeit, künstlerischer Ungebundenheit mit naturgesetzlicher Zwanghaftigkeit, die Fulton in die Lage versetzte, auf dem hehren Felde des Schiffbaus ein Erfinder werden zu können.

# *Erfinderleid*

Erfinder haben gewöhnlich einen schweren Stand. Das war schon damals so, damals zu Beginn des technischen Zeitalters, als Erfindungen über Erfindungen an der Tagesordnung waren. Auch die Erfinder der Dampfschiffe blieben davon nicht verschont. Denis Papin war gleich der erste, der darunter zu leiden hatte: Sein Schiff wollte erst noch ein Dampfschiff werden – schon hatten die Weserschiffer etwas dagegen und zerstörten es. Trotz, oder wegen, ständiger Erfindungsbemühungen geriet der Meister ins Elend. Wurde Papin später von Watt als das größte Genie unter den Vätern der Dampfmaschine bezeichnet, so kann man es nur ein ganz besonders ironisches Schicksal nennen, das dieses Genie in England, dem Land der Dampfmaschine, kläglich verhungern ließ.
Auch die nächste, dem gemeinen Publikum bekanntgewordene Idee vom Dampfschiff brachte ihrem Schöpfer Jonathan Hulls 1736 nur ein Spottlied ein:

Jonathan Hulls
mit seinem dicken Schädel
erfand eine Maschine,
die gegen Wind und Strömung kämpfen sollte.
Doch da er ein Dummkopf war,
brachte er sie nicht in Gang,
und er schämte sich
gesehen zu werden.

Ebenso hatte Jouffroy d'Abbans mit seiner Erfindertätigkeit Grund, um sein Anssehen fürchten zu müssen. Kein Mensch glaubte ihm, daß er die feindlichen Elemente Feuer und Wasser zu einer guten Wirkung vereinigen könne. Als er mit seinem *Pyroscaphe* auf Probefahrt ging, soll er jedenfalls eine Pistole in der Tasche gehabt haben. Abzudrükken brauchte er zwar wegen Ehrverlustes nicht, er war auch so schon ruiniert genug, und seine Mitmenschen belächelten ihn: »Jouffroy die Pumpe«. Wegen unstandesgemäßen Benehmens verweigerte ihm sein Vater das Erstgeburtsrecht.

Sein Erfinderkollege John Fitch verbitterte an der Dampfschiffsidee, oder auch an seiner Frau, wer weiß, denn er soll einmal geäußert haben: »Es gibt zwei Übel, die auf einen Mann von Gefühl äußerst peinigend wirken: Das eine ist eine zänkische Frau und das andere der Trieb, Dampfschiffe zu erfinden. Ist nun ein Mann von beiden gequält, so muß er als der unglücklichste Mensch auf der ganzen Welt angesehen werden.«

Jener John Smith, der 1793 in Liverpool einen Dampfer erstand – der dann hinterher nicht recht lief – wurde glatt als Idiot bezeichnet, ausgelacht, beschimpft und beleidigt. Auch später noch änderte sich an diesen Verhältnissen nicht viel. 1807 war Fulton ebenfalls davon betroffen. Sein Dampfschiff *Clermont* wurde als »Fultons Folly«, als »Verrücktheit«, verspottet. Während der Vorbereitungen zur Probefahrt mußte Fulton aus der zusammengelaufenen Menge – nach seinen Worten – »sarkastische Bemerkungen« hören. Es blieb ihm all dieses Leid ebensowenig erspart wie seinen Vorgängern, nur, bevor er sein erstes Dampfschiff gebaut hatte, stand er dieser Erfahrung noch unbefangen gegenüber. Ist es das vielleicht, was einen Erfinder ausmacht, daß er den Spott einkalkuliert, ihn erträgt und einfach still weitererfindet? Vielleicht in dem Sinne, wie es Voltaire einmal ausdrückte: »Ich bin mit der Zeit ein gutes Postpferd geworden. Ich lege meine Strecke zurück und achte nicht auf die Kläffer.«
So war also das gewöhnliche Volk nicht besonders galant zu seinen Erfindern. Da fiel gar wenig ausgleichend ins Gewicht, daß weiterdenkende und erhabenere Geister eine bessere Meinung hegten. Erasmus Darwin, Arzt und Naturforscher sowie Großvater jenes berühmten Charles Darwin, sah bereits 1788 in seinem Gedicht »The Botanic Garden«:

> Bald wird des Dampfes Kraft
> den flüchtigen Wagen die Straße entlang
> die träge Barke durch die Wellen tragen
> in sich'rem Gang,
> ja, auf des Windes leicht bewegten Schwingen
> durchs luftige Reich
> ein neu Gefährt zu fernsten Zielen bringen,
> dem Adler gleich.

Auch Goethe brachte in der von ihm herausgegebenen Zeitschrift »Chaos« ein Gedicht von J.A. Stumpf mit dem Titel »Der Kampf der Elemente«, in welchem neben einer salbungsvollen Beschreibung einer atmosphärischen Dampfmaschine der Versuch unternommen wird, eine moralische Rechtfertigung für einen derartigen Eingriff in die Natur zu beschwören. Auch wenn das Stück beileibe kein Goethe-Format aufweist, sei es nach einigem Zögern hier doch zitiert, da es einen kleinen Einblick in jenen Zeitgeist vermittelt, ja, eine ganz prinzipielle Frage aufwirft, die auch heute wieder eine gewisse Aktualität gewonnen hat: die Technikfeindlichkeit.

Der Kampf der Elemente

»Gott sah, was er gemacht, und siehe, das war gut.«
So schrieb ein Mann von großem Muth.
Doch diese Lehre will der Welt nicht mehr behagen.
Der Zweifler macht bedenklich bittre Fragen;
Er ruft: Man wende nur, nur einen flücht'gen Blick
In's Lebens-Spiel, was blickt man? Menschenglück?
Nein. Noth und Tod und Elend sieht man hausen.
Die Elemente stets im Wechselkampfe brausen.
Der Leidenschaften Sturm, die ewig Feindschaft brüten
So murrt gar mancher trüb, raubt sich des Lebens Frieden.

Warum nur wurden wir so um und um umgeben
Vom rohen Stoff und Kräften aller Art?
Was will in unsrer Brust das stete Streben
Das sich mit ewig reger Neugier paart?
Gestalten soll der Herr auf Erden
Harrt hier nicht alles auf des Bildners Hand?
Ein Schöpfer soll der Mensch, wie Gott, wohltätig werden;
Drum gab er ihm Stoff, Kräfte und Verstand.

So jener Mann, dem manches Werk gelungen
und dessen Geist nach Wahrheits-Licht gerungen
Geprüft des Feuers und des Wassers Macht,
Kurz, der zuerst d a s W e r k erdacht:
Wie durch der Elemente Kampf,
Des Feuers Wuth, des Wassers Dampf,
Der Mensch Gewinn und nicht Verderben fand.

Die Wuth des Feuers, des Wassers Macht
Hat er in seine Gewalt gebracht,
Er trennt durch eine dünne Wand
Die Feinde, die von Wuth entbrannt.
Die Flammen an dem Kessel wüthen,
Voll grimmen Zorns die Wellen sieden,
Und streben sich am Feuer zu rächen,
Den starken Kerker zu durchbrechen.

Ein blanker Stab steigt magisch hoch empor,
Vom Dampf verfolgt durch ein gewaltig Rohr. –
Im Nu stürzt in die heiße Fluth
Ein kalter Strom, schreckt seine Wuth,
Gleich sinkt der Stab, im Augenblick
Scheucht ihn der heiße Kampf zurück.
Der blanke Stahl steigt auf und nieder;
Belebt nun streben alle Glieder
Nach einem Ziel, der große Bau
Folgt stets des Meisters Sinn genau.

Wie Mancher tadelt nicht den Wunderlauf der Dinge
Und ungeprüft, schilt, was er nicht versteht;
Der Forscher sieht entzückt, wie in der Wesen Ringe
Sich Theil und Ganzes stets im schönsten Bunde dreht.

Die angehängte Mahnung erreicht natürlich nicht die richtigen Adressaten. Der einfache Bürger schimpft und spottet erstens gern und zweitens weil es Spaß macht, hatte aber sicher nicht die Zeitschrift »Chaos« abonniert. Nun, wir wollen dem Mann auf der Straße zugute halten, daß er diese unglaubliche Technik eines Dampfschiffes nicht begreifen konnte, daß er die ihr zugrunde liegende Physik nicht kannte, daß er längst nicht so aufgeklärt war, wie es der Titel jener Epoche – nämlich Aufklärung – dem heutigen Betrachter verspricht. Man muß sich vergegenwärtigen, wie es für ein einfaches Gemüt anzusehen war, wenn eine dieser ersten Dampfmaschinen tobte. Mit trockenem Fichtenholz ordentlich gefeuert, fauchte eine furchterregende Feuersäule aus dem Kamin, das Triebwerk, kein Produkt des heutigen Präzisionsmaschinenbaus, klapperte und rasselte schrecklich, dazu das Spritzen und Brodeln des schäumenden Wassers, das bedrohliche Zischen und Fauchen des Dampfes. Wahrscheinlich würde auch heute noch manchem, vom edlen Maschinenbau moderner Art verwöhnten Schiffsingenieur ein kühles Bangen (um nicht zu sagen kaltes Grausen) beschleichen: Diese unbeholfene Maschinerie mußte doch jeden Augenblick auseinanderfliegen. Kein Wunder also, daß z. B. beim Auftauchen der *Clermont* ganze Schiffsmannschaften auf die Knie fielen und Gott baten, sie vor diesem schrecklichen Ungetüm zu beschützen, oder daß gar ein Farmer, als er die *Clermont* gesehen hatte, in heller Panik nach Hause rannte und seiner Frau berichtete, er habe auf dem Hudson den Teufel auf einer Sägemühle fahren sehen.

Man hatte es damals wahrlich nicht leicht, als Erfinder Ruhm und Ehre zu erringen. Reichtümer gar, wenn sie tatsächlich aus einer Erfindung hervorgehen konnten, wurden oft noch von üblen Zeitgenossen den weniger geschäftstüchtigen Erfindern abgejagt. Und doch waren allerorts die Erfinder unermüdlich beschäftigt, geradezu besessen, etwas ganz besonders Nützliches hervorbringen zu wollen, waren sie ständig auf der Suche, ihre technischen Wunderwerke in Profit umzumünzen. Dieser zweite Schritt erfinderischer Betätigung, also das Verwerten, das Vermarkten einer Erfindung war ebenso aufreibend wie der davorliegende schöpferische Akt. Auf diesem zweiten Teilgebiet mußte Fulton selbstverständlich auch etwas unternehmen. Und in der Tat, er war auch auf diesem Felde äußerst emsig.

Um seine Kanäle an den Mann zu bringen, schien Fultons Elan fast grenzenlos zu sein. Lord Stanhope bemerkte in einem Brief: »... Euer Buch über Kanäle zeigt mir, daß Ihr on fire seid...«. Ja, Feuer hatte Fulton, und Flamme, aber kein Geld. 1796 schreibt er an seinen Gläubiger Owen, daß er noch kein Geld zurückzahlen könne, daß aber seine neuen Spekulationen in Gerberei-Erfindungen begännen, erfolgreich zu werden, und daß ebenfalls sein Kanalvertrag ihm weiterhin Aussicht auf einen letztlichen Erfolg verspreche. Dieser optimistische Ton entsprach jedoch keineswegs den aktuellen Gegebenheiten. Fulton scheint in einer schrecklichen Klemme zu sitzen. Nach einsamen Weihnachtstagen 1796 schreibt er an Lord Stanhope – und das Durchklingen einer verzweifelten Bitterkeit erinnert an seinen Kollegen John Fitch –: »... die kreativen Kanäle ... Millionen kluger Wesen werden einst auf ihren glatten Flächen gleiten und Wohlstand aus diesem System ernten, wenn Fulton lang, lang aus dem Gedächtnis der Menscheit verloren sein wird!« Es folgt eine ausführliche, phantastisch positive Wirtschaftlichkeitsberechnung, dann bittet er seine Lordschaft, ihm 20 Guineen zu leihen.

Trotzdem bleibt sein Mut ungebrochen. Im Februar schreibt er an den Präsidenten der Vereinigten Staaten George Washington, der zuvor schon mit dem Traktat über die Kanalschiffahrt bedacht worden war. Er erklärt dem Präsidenten seine Idee von den »kreativen«, den sich selbst erzeugenden Kanälen: Eine Gesellschaft wäre zu gründen, die zunächst einen Kanal von Philadelphia nach Lancaster bauen sollte. Aus dem hieraus erwirtschafteten Ertrag sollte die Hälfte zur weiteren Ausdehnung des Kanals verwendet werden, wodurch die Einnahmen wieder stiegen. Dies stetig so fortgesetzt, könne man in 10 Jahren den Susquehanna erreichen, in 20 Jahren wäre man am Eriesee. In etwa 60 bis 70 Jahren hätte Philadelphia ein 9360 Meilen großes Kanalnetz und kein Haus wäre weiter als 10 bis 14 Meilen vom Kanal entfernt. – Phantastisch! – Wovon Fulton in den nächsten Monaten lebte, weiß man nicht. Im April schreibt er einen enthusiastischen Brief an Owen: Er hatte jemanden gefunden, der in Amerika Kanäle bauen wollte. Offenbar konnte er diesem einige Anteile seines Schiffsaufzug-Patentes verkaufen, sodaß er im Moment etwas flüssig war. Er sollte 1500 Pfund erhalten und hatte bereits einen Vorschuß von 500 Pfund. Erst wolle er aber noch nach Frankreich, um dort seine Patentrechte zu sichern, was ihn wohl 200 Pfund kosten werde. Von dem Rest wolle er ihm (Owen) erst mal 60 Pfund schicken, den Rest in 6 Monaten.

Im Juli 1797 schreibt Fulton aus Paris an Dr. Cartwright, daß er in Calais drei Wochen auf seinen Paß habe warten müssen, daß er nach Paris einen Umweg von 300 Meilen habe machen müssen, daß Amerikaner hier keineswegs willkommen oder still geduldet seien. Nun, es war ja Krieg. In Frankreich regierte das Direktorium, Napoleon war gerade in Italien beschäftigt. – Weiter schreibt Fulton:

> »Das Land, durch das ich reiste, war wie ein unendlicher Acker in exzellenter Bestellung... das wird die Bürde des Krieges mildern... aber Krieg? In Paris hat man den Eindruck, man habe dort nie etwas davon gehört, so ausschweifend und fröhlich ist alles... ich habe Grund zu glauben, daß hier Männer mit Geist eine Entwicklung fördern, die den Krieg bald beendet... Bitte lassen Sie mich den Stand Ihrer Ideen bezüglich des Dampfschiffes wissen...«

In Paris hatte Fulton das Glück, in ein Hotel einzuziehen, in dem Joel Barlow, ebenfalls ein Amerikaner, Staatsmann, Philosoph und Dichter, mit seiner Frau Ruth Baldwin residierte. Es sollte aus der hier beginnenden Bekanntschaft eine lebenslange Freundschaft entstehen. Joel Barlow nahm Fulton etwas unter seine Fittiche, und es gelang ihm offenbar, bei Fulton einige Fähigkeiten weiter zu fördern. Bei Fulton bewirkte diese Freundschaft eine äußerst vorteilhafte Kursänderung. Die »verkrachte Existenz«, die er in England noch vor kurzem zu werden drohte, konnte sich hier bei den Barlows zur rechtschaffenen Seite hin konsolidieren.

Fulton war fleißig. »Er lernte Französisch, etwas Italienisch und Deutsch, er studierte die höhere Mathematik, Physik, Chemie und erweiterte und festigte dieses Wissen, das ihm, so wie es sich mit seinem natürlichen Genius verband, eine große Überlegenheit über Viele gab, die mit einigem Talent, aber ohne jegliche Art von Wissen mit ihm rivalisieren wollten.« So Fultons Biograph C.D. Colden.

Fultons Fleiß erschöpfte sich nicht im Büffeln für den Nachhilfeunterricht: Er arbeitete auch den Patentantrag für seine kleinen Kanäle aus. Daneben hielt er sich auf dem laufenden, was zur Zeit gängige Erfindungen betrifft und wie man sie nutzen kann. Briefe aus jener Zeit an Dr. Cartwright zeigen, wie Fulton über die Vermarktung von Erfindungen denkt. So ist zu lesen: »...mir gefällt Ihr Verfahren, Häuser feuerfest zu machen (Engl. Pat. Nr. 2194), und es würde mich freuen, wenn man dieses auf Amerika ausdehnen könnte ...wenn Sie mir Beschreibung und Vollmacht gäben, würde ich für Sie das Beste in Amerika daraus machen ...aber wenn Sie die Erfindung zu einer annehmbaren Summe verkaufen können, würde ich Ihnen dazu raten... meine Idee zu vielen dieser unwichtigen Dinge, die man einfach im Überfliegen seines Geistes erfindet, ist, sie gleich zu Geld zu machen, demgegenüber aber festzuhalten – wenn möglich ohne Partner – an jenen wichtigen Objekten, wie der Dampfmaschine, dem Dampfschiff oder der Spinnmaschine.« In einem anderen Brief an Cartwright schreibt er: »Es würde mir Freude machen, die Ergebnisse Ihres Geistes für Sie produktiv zu machen.« Das also war seine Intention. Er wollte nicht bloß etwas ganz Bestimmtes erfinden, er wollte irgend etwas Erfundenes zu Geld machen, selbst wenn es gerade so auskam, daß gar nicht er selbst der Erfinder war. Dabei zeigte er ein sehr interessantes Gespür für Wirtschaftlichkeit, ein konsequentes Streben nach Gewinnoptimierung, indem er eine Differenzierung des Erfindungswertes vornahm und die Anstrengungen auf die gewinn-

bringendsten Werte konzentrierte. Um solche Verfahrensansätze zu ersinnen und durchzusetzen, hält man sich heutzutage gelernte Manager.
Als wichtigstes Objekt betrachtete Fulton zu dieser Zeit immer noch seine kleinen Kanäle. Er erreicht es, ein französisches Patent (Nr. 289 vom 14. 2. 1798) zu erhalten, in welchem für 15 Jahre dem »Sieur Fulton« das Recht erteilt wurde, »nach neuer Art Schiffahrtskanäle zu bauen.« Nachdem er nunmehr diese Etappe geschafft hatte, mußte er »nur« noch einige hochstehende Persönlichkeiten für seine Pläne interessieren. Was lag näher, als gleich Napoleon höchstpersönlich anzuschreiben; so geschehen am 12 Florèal, An VI (1. Mai 1798)

> »Bürger General –
> Nachdem Bürger Pèrrier mich informiert hat, daß Ihr gerne Bekanntschaft mit meiner Arbeit zum System der kleinen Kanäle machen wollt, nehme ich mir die Freiheit, Euch ein Exemplar zu übergeben und wäre glücklich, wenn Ihr darin einige Gedanken zur Förderung der Industrie der Französischen Republik fändet. Diesem Exemplar füge ich zwei Memoranden bei, die ich vorschlage, dem Direktorium zu unterbreiten...«

(solche Tricks wendet man heute in der Werbebranche an)

> »... in denen ich Möglichkeiten für beträchtliche öffentliche Einkünfte aufzeige ... bei der gleichzeitig notwendigen Freiheit des Handels...«

Fulton erkannte also Ziele und Notwendigkeiten des neuen Staates durchaus. Er spricht weiter von

> »...der Basis politischer Wohlfahrt...die wichtig ist für alle Republikaner und Freunde der Menschlichkeit. Arbeit ist die Quelle für das Wohlergehen jeder Art.«

Fulton hatte in England seinen Adam Smith gut gelernt.

> »Daraus folgt, je größer die Industrie und die nützliche Klasse ist, desto reicher und komfortabler wird das Land. ...Regierungen müssen alle derartigen internen Entwicklungen unterstützen... Zu allen Gründen für Kriege gehört, daß Könige und Priester die Dinge nicht verstehen, die sie umgeben. ...«

Nach diesem reichlichen Aufstrich wollen wir hier gut bedient abbrechen, (vielleicht hat auch Napoleon hier abgebrochen), doch nicht ohne noch eifrig zu attestieren, daß Fulton sein Geschäft wohl fleißig bearbeitete und seine Interessen auch im aktuellen Zeitgeist vortrefflich zu vertreten verstand. Aber auch Napoleon verstand sein Geschäft. Der Brief Fultons war eine reine Verschwendung von Papier und Tinte. Napoleon war schon von der Vorrangigkeit eines Kriegserfolges infiziert. Doch hieße es, Fulton zu unterschätzen, wenn man annimmt, daß er dies nicht selbst bereits begriffen habe. Schon 1797 mag er erkannt haben, daß der größte Profit derzeit mit Kriegsmaschinen zu machen sein müsse. Am 13. Dezember 1797 unterbreitete er dem Regierungsdirektorium einen Vorschlag, wie man mittels Unterwasser-Booten die englische Flotte bekämpfen könne.

Fultons Bemühungen um die Erfindung des Unterseebootes sind einerseits ein weiteres Beispiel dafür, daß es ihm mehr um die Vermarktung einer Erfindung ging – wobei er sich hier sogar klar am sogenannten Verbrauchermarkt orientierte -; andererseits werden sie ihm später eine weitere Veranlassung geben, sich doch intensiv mit dem Dampfschiff zu beschäftigen. Dieserhalben, und weil ein technisch-historisches Interesse an diesem, am Wege liegenden Thema sicher unterstellt werden darf, wollen wir hier kurz bei Fultons U-Boot verweilen.
Bevor Fulton sich an die Erfindung des U-Bootes heranmachte, Konstruktionspläne anfertigte oder den Bau einleitete, schickte er der französischen Regierung erst einmal einen Vertragsentwurf, in welchem er vorher festgelegt wissen wollte, daß er für die Vernichtung eines britischen Schiffes mit mehr als 40 Kanonen eine Vergütung von 400 Livres pro Kanone erhalten sollte. Die Vermarktung rückt hier nicht nur im Stellenwert, sondern auch in der zeitlichen Folge vor die Erfindung selbst.
Im Juli 1798 war es soweit, daß der Minister für Marine und Kolonien Bruix eine Expertengruppe benennen konnte, die Fultons Tauchbootpläne und ein Modell prüfen sollte. Ihr Bericht vom September 1798 beschreibt Fultons *Nautilus* als ein Boot von 6,48 m Länge mit elliptischer Form bei einem Durchmesser von 1,98 m. Unter dem eigentlichen Bootskörper befand sich ein weiterer, der Schiffsform angepaßter metallener Hohlkörper, in den Wasserballast ein- und ausge-

pumpt werden konnte. Am vorderen Teil des Rumpfes war ein Beobachtungsdom aufgesetzt. Außerhalb des Druckkörpers, doch noch umgeben von der Außenhaut, befanden sich im Vorschiff eine Ankerwinde und das Wichtigste, die Vorrichtung, mit der man Haftminen an ein feindliches Schiff nageln konnte.
Der Antrieb konnte über ein nach einem exzentrischen Regenschirmprinzip auffaltbares Segel erfolgen, dann aber, kurz vor dem Angriff in Tauchposition, mittels eines durch Handkurbel angetriebenen Propellers.
Die Kommission hatte in ihrem Gutachten einige Bedenken anzumelden, z. B. sei der Segelschwerpunkt zu hoch, da das eingetauchte Boot praktisch keine Stabilitätsreserve habe, das Höhenruder sei besser durch einen horizontalen Propeller zu ersetzen, die im Modell verwendete Feder zum Antrieb des Propellers sei so stark überdimensioniert, daß im Original viel zu viele Leute den Propeller drehen müßten. Das Ganze sei zweifellos nicht perfekt, sei eine erste Konzeption eines durchaus genieusen Mannes. Die Kommission empfahl dem Minister, den Bürger Fulton zu autorisieren, einen Prototyp zu bauen. Eine kluge Empfehlung nach einer durchaus qualifizierten Beurteilung.

Die Empfehlung der Kommission war für den Minister dennoch nicht besonders zustimmungsanregend, wohl weil sie im Verhältnis zu den von ihr selbst geäußerten Bedenken auch anders – also abwertend – gedeutet werden konnte. Fulton kommt mit dem Projekt nicht weiter. Er muß aber zwischendurch erst einmal weiterleben. So wendet er sich einem neuen Betätigungsfeld zu, den damals in Mode gekommenen Panoramen. Dies waren besondere Rundbauten, deren Innenwand mit einem geschlossenen Panoramabild bemalt und besonders eindrucksvoll illuminiert wurde. Er erhält für eine solche Einrichtung ein Patent und malt hierzu den »Brand von Moskau«. (Das war natürlich keine Vision des Brandes von 1812, dem Napoleon weichen mußte, sondern eine Vorstellung von überlieferten Bränden früherer Zeiten). Desweiteren erfindet er eine Maschine, um Taue und Kabel herzustellen und erhält auch dafür ein Patent.
Und immer wieder versucht er, dem Minister sein U-Boot schmackhaft zu machen. Er ändert die Konstruktion grundlegend, entsprechend den Bedenken der Untersuchungskommision: Aus dem

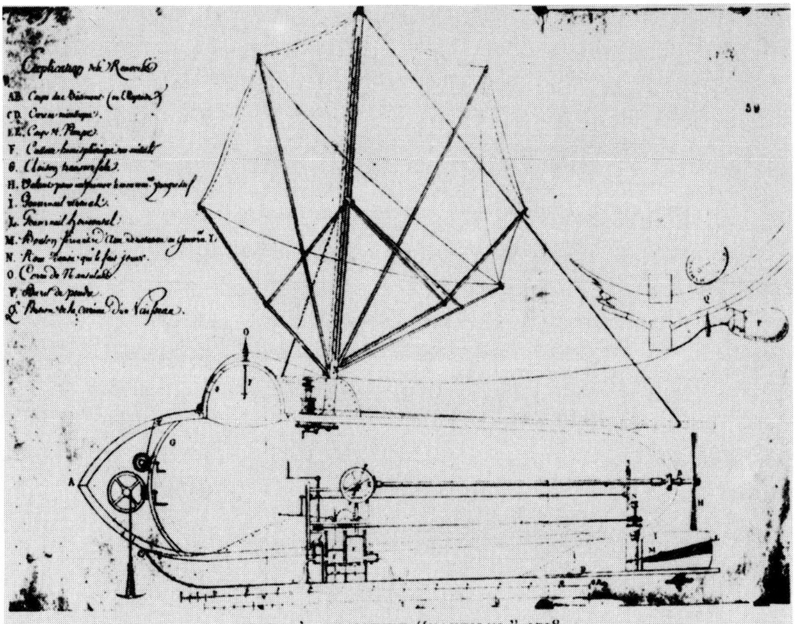

FULTON'S SUBMARINE "NAUTILUS," 1798

Die berühmte *Nautilus,* Fultons Versuchs-Tauchboot, mit dem erste Unterwassermanöver gelangen. Die Verwendung dieser Kriegsmaschine stieß in Frankreich auf ethische Bedenken.

U-Boot heutiger Bauart wird – ein Rückschritt zwischendurch – ein tauchbarer Kutter. Doch der Minister hat Bedenken z. B. der Art, wie man wohl ein durch einen Versuch gesprengtes Wrack wieder beseitigen könne. Doch Fulton ist zäh, im Warten wie auch im Nachhaken. Nachdem 1799 das Regierungsdirektorium aufgelöst wird, gelangt ein Mitglied der damaligen Untersuchungskommissions auf den Sessel des Marineministers. Sofort ist Fulton wieder aktiv. Er baut das U-Boot.

Am 24. Juli 1800 geht die *Nautilus* in Rouen zu Wasser und einige Tage darauf beginnen die ersten Vorversuche. Die *Nautilus* wird nach Le Havre geschleppt, um Versuche in tieferem Wasser durchführen zu können. Im August laufen die Experimente auf vollen Touren. Die Ergebnisse können sich erst einmal sehen lassen: Die Luftmenge reicht für 3 Mann und 1 Kerze für 3 Tauchstunden. Die Manöver, durch eine 4 flüglige Schraube (nach Fulton: wie die Segel einer Windmühle) angetrieben, sind befriedigend. Die Zündung der Unterwasserbomben gelingt, und siehe da; der Kompaß arbeitet unter Wasser genau so wie über Wasser.

Das Interesse der Regierung beginnt sich zu regen. Fulton erhält umgehend eine Audienz bei Napoleon, einen Kredit von 10.000 Franc und eine Zusage für seinen Vertrag, jedoch zu halbierten Erfolgshonoraren.
Nun beginnen weitere Versuche, da sich ja neben den prinzipiellen Erfolgen auch verbesserungsbedürftige Unzulänglichkeiten gezeigt hatten. Fulton will die Geschwindigkeit steigern. Er versucht es zunächst in einer Pinasse mit einer 4fach gekröpften Kurbelwelle, die von 24 Mann angetrieben wird. Er fährt mit seiner *Nautilus* an die Küste und will dort englische Schiffe angreifen. Diese jedoch hatte jemand rechtzeitig gewarnt. Er sprengt eine alte Schaluppe in die Luft. – Der Durchbruch will jedoch nicht gelingen. Man findet, daß bei einem erfolglosen Einsatz des U-Bootes die Besatzung so oder so verloren sei, »sicherlich ein nicht sehr galanter Tod«. Unglücklicherweise kommt nun wieder ein Wechsel des Marineministers, die Unterstützung setzt daraufhin ganz aus. Das U-Boot kann nun erst einmal vergessen werden.
Es gibt Historiker, die Napoleon den Vorwurf machen, daß er die Entwicklung des U-Bootes nicht genügend unterstützt habe, denn dessen Einsatz hätte damals eine für Frankreich erfolgreiche Wende im Kampf gegen England bringen können, eine Wende, die möglicherweise einen Rußlandfeldzug unnötig hätte werden lassen. Aber Napoleon war eher praktisch veranlagt. Er hatte die Unterstützung gewährt bis hin zu dem Punkt, wo erkennbar wurde, daß ohne einen Motor das U-Boot unbrauchbar war. Alle Versuche Fultons machten letztlich auch diesem selbst deutlich, daß die Geschwindigkeit und der Aktionsradius vergrößert werden mußten und daß dazu eine 3köpfige Muskelkraftmaschine bei weitem nicht ausreichen konnte.

Bleibt an dieser Stelle festzuhalten: Das Tauchboot brachte Fulton zwar keinen Erfolg, aber immerhin wichtige Beziehungen zu einflußreichen Zeitgenossen der technisch-wissenschaftlichen Szene. Die alte Idee eines U-Bootes war in fast greifbare Nähe gerückt, auch wenn ihre Verwirklichung noch lange auf sich warten lassen würde, auch wenn die *Nautilus* zunächst nichts weiter als den Stoff für einen utopischen Roman von Jules Verne hergeben sollte. So ganz nebenbei – und doch nicht als erster – hatte Fulton bei seinen Experimenten den Propeller erfunden, aber das bemerkte er wohl selbst nicht. Die tiefere Erkenntnis aus diesen Arbeiten war jedoch, daß nun wirklich erst einmal ein richtiger Schiffsantrieb geschaffen werden mußte. Das Dampfschiff mußte nun endlich doch richtig erfunden werden.

Auch wir haben nun lange genug auf dieses Ziel zugesteuert und um dasselbe herum. Wir teilen jetzt Fultons Erkenntnis voll und ganz, jetzt wollen wir bitteschön endlich das erste Dampfschiff sehen. Die Zeit ist reif, Fulton ist motiviert. Aber wie das bei Erfindern anscheinend so sein muß: Wenn die Sache durchsetzungsreif ist, dann sind erst einmal die Mittel erschöpft.

## *Das erste Dampfschiff*

Es ist nicht gerade notwendig, es als Sternstunde der Menschheit zu feiern, für Robert Fulton und für das Dampfschiff war es hingegen wahrhaftig die Sternstunde schlechthin, als ein gewisser Mr. Livingston die Szene der Dampfschiffsentwicklung betrat. Von da an ging es vorwärts mit dem Dampfschiff, von da an war Fulton auf dem Wege zu einem seriösen Konstrukteur und Geschäftsmann, hier findet die große Wende im Leben Fultons sowie in der Entwicklung des Dampfschiffes ihren Dreh- und Angelpunkt. Aus Traum, Phantasterei und Spekulation wird nun greifbare Wirklichkeit.

Der Kanzler Robert R. Livingston kam im November 1801 als Botschafter der Vereinigten Staaten nach Paris. Nun war es nicht so, daß Livingston wie eine gute Fee aus fernen Welten das Leid und Elend jenes armen, nicht durch eigene Schuld gestrandeten, und so überaus genialen Erfinders Robert Fulton mit einem Zauberschlag in eitel Glück und Sonnenschein verwandelte. Livingston fungierte auch nicht einfach nur als Geldgeber für ein Projekt, von dem er sich eine ansehnliche Rendite versprach, oder das er aus anderen Gründen für förderungswürdig hielt. Ebensowenig war Livingston einfach nur der einflußreiche Gönner, der z. B. in der Lage war, wichtige Weichen bei den Behörden zu stellen. Betrachten wir die Beziehung von der Seite Livingstons aus, so ist es Fulton, der als der richtige, im richtigen Zeitpunkt auftretende Partner erscheint, wie ihn Livingston gesucht hatte. Einen solchen Partner brauchte Livingston sogar dringend für die praktische Durchsetzung eines Projektes, das er – Livingston – selbst im Sinne gehabt hatte, dem zu widmen ihm die Staatsgeschäfte jedoch im Augenblick zu wenig Zeit ließen. Livingstons Mission in Frankreich war schließlich keine geringere, als Napoleon jenen bereits erwähnten amerikanischen Landstrich Lousiana abzuhandeln, was ja am 30. April 1803 für 80 Millionen Franc tatsächlich auch gelang.

Das private Projekt, mit dem sich Livingston zuvor schon sehr intensiv beschäftigt hatte, war – die Dampfschiffahrt. Er hatte eigene Ideen hierzu entwickelt und auch irgendwelche Versuche durchgeführt, die ihm 1798 das Exclusivrecht einbrachten, im Staate New York für die Dauer von 20 Jahren jede Art Schiffahrt mit Dampfantrieb einzufüh-

Kanzler Robert R. Livingston, amerikanischer Botschafter in Frankreich und Partner Fultons bei der Begründung der Dampfschiff-fahrt.

ren und zu betreiben. Eine Anfrage Livingstons bei Boulton & Watt war dort mal wieder unbeantwortet liegen geblieben. Livingston kam auf dem technischen Gebiet einfach nicht weiter. Nun war er auch noch nach Frankreich beordert worden, und sein schönes exclusives Privileg drohte ihm in den Händen zu zerrinnen. Welch ein Segen, gerade jetzt einen gewissen Mr. Fulton kennenzulernen, dem man nachsagte, daß er ein ansehnliches Maß an praktischem und theoretischem Wissen von der Mechanik habe. Das Zusammentreffen dieser beiden Männer mußte sofort zu einem vielversprechenden Gleichklang der Interessen führen und mit der Unterstützung durch Fultons Freund Barlow entstand nun ein ordentliches Kräftepotential, dem sich das Dampfschiff nun nicht länger widersetzen konnte: Es wurde jetzt endgültig und unwiderruflich erfunden.
In der grundsätzlichen Planung der Erfindung war man sich schnell einig. Fulton erhielt den Auftrag, noch einige Modellversuche anzu-

stellen, um die wahren Prinzipien, nach denen ein Dampfschiff gebaut werden mußte, zu erforschen und um die Fehler früherer Versuche zu erkennen und auszuschließen. Sodann sollte eine Großausführung die Erkenntnis vermitteln, ob und in welchem Umfang die Modell-Forschungsergebnisse auf die Großausführung übertragbar wären. Dies war also die geistige Kiellegung jenes, unseres, Fultons, ersten Dampfschiffes. Das war im Frühjahr 1802.

Fulton machte sich an die Arbeit. Er korrespondierte mit seinem alten Freund Dr. Cartwright, diskutierte mit ihm das Gewicht des Kondensators und überlegte, daß die Maschine in jedem Fall doppeltwirkend sein müßte. Eigentlich sollte sogar – damit das Maschinengewicht möglichst niedrig zu halten wäre – an eine Steigerung des Dampfdruckes von den seinerzeit üblichen 0,35 bis 0,5 atü auf ein ganzes atü gedacht werden. Aber die damaligen Kesselausführungen ließen dies nicht zu. Fulton vertiefte sich in die Auslegung eines Bootes für den Passagierdienst, er untersuchte die Zusammenhänge zwischen Anzahl der Passagiere, Schiffsgröße, Geschwindigkeit, Brennstoffvorrat und dergleichen Geheimnisse und tastete sich immer weiter an die dazu erforderliche Maschine heran. Er fand als optimale Maschinengeschwindigkeit eine Hubzahl von 30 pro Minute bei 3 Fuß Hub. Der Zylinder sollte in jedem Fall außerhalb des Kessels bleiben, damit er leicht zu reparieren wäre. (Es gab damals Ideen, den Zylinder in Übertreibung des Watt'schen Gedankens – in den heißen Kessel zu integrieren.)
Die Kraftübertragung von der Maschine zum Schiff und ins Wasser mußte Fulton auch nochmals ernsthaft durchdenken. Nachdem er bei den U-Boot-Versuchen an den Schraubenpropeller geraten war, mußte dessen Brauchbarkeit in die Überlegung mit einbezogen werden. Im Ergebnis war aber der Propeller nach Fultons Ansicht letztlich doch nicht brauchbar, da er ab einer gewissen Schiffsgeschwindigkeit keine Kraft mehr ins Wasser brachte. Diese Erkenntnis Fultons hatte seinerzeit sogar eine gewisse Berechtigung, denn für solch kleine Schiffe, sprich kleine Propellerdurchmesser, mußte natürlich eine ordentlich hohe Drehzahl vorgelegt werden. Diese konnte Fulton in seinen Versuchen mit einer Hand-Kurbelwelle natürlich nicht erreichen. Auch war es nicht leicht in die praktische Vorstellung einzubringen, daß das Propellerprinzip bei solch hohen Geschwindigkeiten, bei

denen man ja nichts mehr sehen konnte, auch noch funktionierte. Fultons Propellerüberlegungen rührten schließlich von den behäbigen Umdrehungen der Windmühlenflügel her. Fulton durchblickte also die Möglichkeit des Schraubenpropellers nicht, obwohl er, wie sich später zeigen wird, wohl wußte, wie man unterschiedliche Drehzahlen mittels Getriebe anpassen kann. So war die letztendliche »Erfindung« und Durchsetzung des Propellers erst einer späteren Ära vorbehalten, als nämlich die Propellergröße und die Maschinenleistung jeweils in einen Bereich gewachsen waren, in dem die aus beiden resultierende Drehzahl von ihrem physikalischen Erfordernis und von ihrer technischen Durchführbarkeit her in Übereinstimmung gekommen waren. Fulton konnte so weit voraus nicht denken. Sein Vorzug in Sachen Propulsionsorgan galt jetzt den von endlosen Ketten längs des Schiffes gezogenen Schaufelbrettern. Eigentlich widersprach er damit seinen eigenen – auch nicht besonders richtigen – Vorstellungen, die er schon 1793 Lord Stanhope mitgeteilt hatte. Doch warum sollte Fulton nicht auch wie jeder andere das Recht haben, stets etwas Neues hinzuzulernen; und er machte eifrig Gebrauch davon.
Im April 1802 verließ Fulton Paris, um die Frau seines Freundes Barlow in einen Kuraufenthalt nach Plombièrs zu begleiten. Wer weiß, wie andere sich die Zeit dabei vertrieben hätten, aber Fulton vertiefte sich in Experimente mit einem 3 Fuß langen Schiffsmodell, das durch ein Uhrwerk angetrieben wurde. In seinem Notizbuch, das den Titel trägt: »Experimente und Berechnungen von durch Dampf angetriebenen Booten« ist im Untertitel das Ziel der Arbeit umrissen: »Das Dampfschiff von New York nach Albany in 12 Stunden.«
Mitten in die Versuche platzt ein Brief Barlows mit der Nachricht, daß er im National Depot of Machines (= Conservatoire des Arts et Mètiers) das Modell eines Dampfschiffes gesehen habe, das mittels endloser Ketten mit Schaufeln angetrieben wurde, ganz so wie Fulton es vorhatte. Auf dieses Dampfschiff war ein Patent erteilt worden, und zwar am 7. April 1802 für Desblanc & Cie aus Trèvoux. Fulton, einigermaßen aufgeworfen, versuchte mit Desblanc zu einer Einigung zu kommen. Dabei stellte er aber auch fest, daß Desblanc zu seiner Erfindung keine Ausführungsmaße, keine Leistungen und Geschwindigkeiten angegeben hatte, somit also keine nach den Patentregeln nachweislich brauchbare Erfindung gemacht haben konnte. Vorsichtigerweise kehrte Fulton zu seinem ursprünglichen Gedanken zurück

und projektierte Seitenräder. Damit war er nicht durch eventuell doch mögliche patentrechtliche Probleme belastet und hatte, vielleicht ohne daß es ihm damals ganz bewußt war, die technisch bessere Lösung gewählt.
Nach den ersten Modellversuchen und Berechnungen äußerte sich Livingston recht befriedigt, doch er meldete auch Bedenken an. Er befürchtete, daß die stampfende Bewegung der Maschine das Schiff in Stücke schlagen müsse und riet zu einem horizontal liegenden Zylinder. Auch zweifelte er, ob der Radantrieb in Amerika nicht bereits mit einem Patent belegt war. Fulton hingegen war sich seiner Sache durchaus sicher. Barlow hielt ihm die Stange und riet ihm sogar, gleich nach England zu gehen, sich von Chapman eine Maschine von 12 Inch bauen zu lassen, ein Schiff passender Größe zu bauen und schnell und heimlich Versuche durchzuführen. Wenn diese gelängen, sollte er sich mit der Maschine sofort nach New York einschiffen, um dort zunächst klein anzufangen und die Patentrechte zu sichern. Offenbar mußte ein gewisses Zögern Livingstons überwunden werden.
Es kam aber schließlich am 10. Oktober 1802 doch ein detaillierter Partnerschaftsvertrag zwischen Livingston und Fulton zustande, nach welchem ein Boot von 36 m Länge für 60 Passagiere gebaut und zwischen New York und Albany eingesetzt werden sollte, mit einer Geschwindigkeit von 8 Meilen pro Stunde. Fulton sollte in England ein Versuchsschiff bauen, anschließend wollte man gemeinsam ein amerikanisches Patent nehmen und eine Schiffahrtsgesellschaft gründen. Die Vorschüsse und Anteile, Gesellschaftserweiterungen und Rücktrittsmöglichkeiten wurden festgelegt.

Im Januar 1803 war Fulton mit der Planung fertig. Er sandte zur Sicherung seiner Priorität einen Plan und eine Beschreibung seines ersten Dampfschiffes an die Repräsentanten des Conservatoire des Arts et Mètiers. In dem Begleitbrief erklärte er, daß er hier zwar mit dem Radantrieb nichts Neues zeige, er habe jedoch »gegenüber den früheren Radantrieben nicht den Fehler gemacht, die Proportionen, Geschwindigkeiten, Kräfte und deren mögliche mechanische Kombinationen zu ignorieren.« In einem früheren Brief aus 1802 hatte Fulton bereits bemerkt: »...keine Art von Maschine kann Kraft erzeugen; alles was man tun kann ist, sich darauf zu verlegen, die manuelle oder eine andere Kraft zu ihrer besten Ausnutzung zu bringen.« In

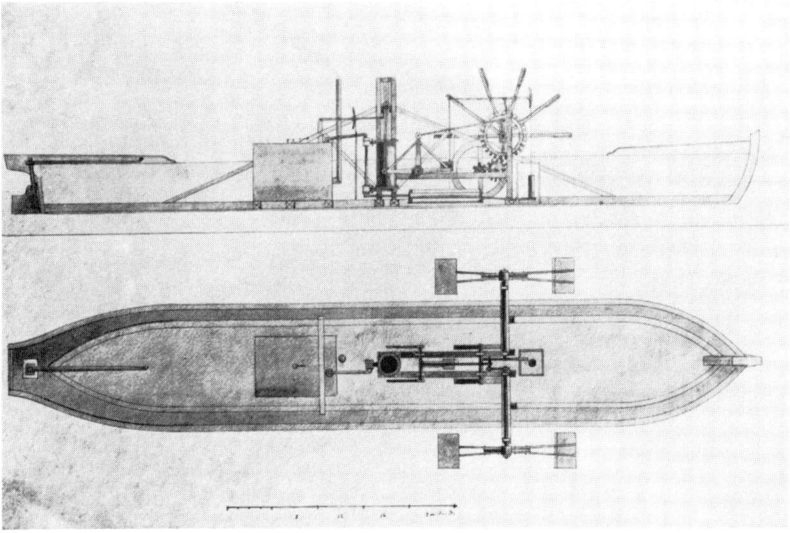

Originalplan Robert Fultons zu seinem ersten Dampfschiff. Diesen legte er 1803 dem Conservatoire des Art et Métiers vor. Man kann annehmen, daß das Versuchsschiff auf der Seine so ausgesehen hat, wie es der Plan darstellt.

einer späteren Patentschrift wird Fulton dies noch deutlicher aufzeigen und auch berechnen: Das Schiff, die Maschine und die sie verbindenden Übertragungselemente mußten genau aufeinander abgestimmt sein.

Das also war Fultons Geheimnis, das war seine Ingenieurleistung, sein kreativer Beitrag zur Schaffung des Dampfschiffes. Ein mühevoller Weg, ein langwieriger Erkenntnisprozeß; eine umfangreiche Versuchsarbeit hatte dem vorausgehen müssen. Jetzt, im Frühjahr 1803 war Fulton so weit. Seine Pläne waren ausgereift. Mit Livingstons finanzieller Hilfe konnte nun der Bau des Versuchsschiffes begonnen werden. Am Seine-Ufer begann eine rege Schiffbautätigkeit unter Fultons Leitung.

Der dem Conservatoire vorgelegte Plan wurde wohl in seinem generellen Arrangement angehalten, doch zur Ausführung wurde alles genutzt, was zur Hand kam. Die Maschine wurde von Pèrrier geliehen. Sie hatte eine Leistung von 8 PS bei einem Zylinderdurchmesser von 460 mm und einem Hub von 925 mm. Der Kessel und die anderen Maschinenteile sind offenbar von Etienne Calla, Paris, gebaut worden, ebenfalls die im Durchmesser 3,93 m großen Schaufelräder.

Zunächst wollte Fulton einen Kessel ganz besonderer Art bauen. Das Wasser sollte in eine rotglühende Kammer eingespritzt werden und dort verdampfen, wobei die Wassermenge so geregelt werden sollte, wie gerade Dampf gebraucht würde. Fulton strebte an, einen Dampfdruck von sagenhaften 32 atü zu erreichen. Nach einigen Experimenten in der Werkstatt von Calla zeigte sich jedoch schnell, daß die Erhitzung und Abkühlung der kupfernen Dampfkammer dieselbe schnell verbeulte und zerstörte. Die Idee war mit den damaligen Mitteln nicht in die Tat umzusetzen. So verwendete Fulton schließlich einen gewöhnlichen, von außen gefeuerten zylindrischen Kessel, oder – nach seiner Zeichnung – einen einfachen Flammrohrkessel, möglicherweise in Anlehnung an den einfachen Wasserrohrkessel, den sein Freund Barlow schon 1793 patentieren ließ.
Der funktionelle Aufbau der Maschine und besonders der Übertragungsmaschinerie zwischen Zylinder und Rädern ist in dem Plan Fultons recht deutlich zu erkennen. Was einem sofort ins Auge springt, sind die dreiecksförmigen Seitenhebel, die zwischen dem Kolbentrieb und dem Kurbeltrieb angeordnet sind. Diese Konstruktion ist im Prinzip die Anwendung des altmodischen Balanciers, jedoch in einer Leichtbauweise. Die Aufgabe dieses Bauteils ist es, das Gewicht des Kolbens auszugleichen, aber vor allem die aus der Pleuelstange unvermeidlich herrührenden Seitenkräfte auf die Kolbenstange weitgehend zu eliminieren. Hier nun wurde zusätzlich eine Umlenkung der senkrechten Kolbenkräfte in eine horizontale Kurbeltriebkraft erreicht, was den Bedenken Livingstons entgegenkam. Man muß dieses faszinierende Kräfte- und Bewegungsspiel in einem Modell sehen und studieren, um einen Eindruck von der Leichtigkeit und Eleganz dieses Systems zu erhalten, die man in dieser fast mittelalterlich scheinenden Konstruktion gar nicht vermutet.
Über den Aufbau des Kondensators wird man heute nicht zu einer eindeutigen Ansicht kommen. Aus Fultons Korrespondenz geht hervor, daß er an eine röhrenförmige Ummantelung der Abdampfleitung dachte. Der Zwischenraum sollte von Außenbordwasser mit der Schiffsgeschwindigkeit durchflossen werden. Dies wäre ein erst sehr viel später wiederentdecktes Kühlsystem. In Fultons Zeichnung fehlt jedoch die für dieses Prinzip wichtige Verbindung von und zum Außenbordwasser, so daß anzunehmen ist, daß er – vielleicht aus Gründen der einfacheren Bauweise – die Abdampfleitung durch

einen einfachen, mit Wasser gefüllten Behälter durchführte, so wie das bei den stationären Maschinen von Watt üblich war. Für den Brunnen der Kondensatpumpe war eine Aussparung in der Bodenverzimmerung vorgesehen, damit die Pumpe tiefer liegen konnte und der Kondensator immer frei von kondensiertem Wasser zu halten war.

Die Anordnung und Dimensionierung des Schwungrades verdient besondere Beachtung. Die Schwungraddrehzahl ist durch ein Getriebe erhöht worden, damit bei gleicher Schwungenergie für die Überwindung der Kolbentotpunkte eine leichte, schiffsgerechte Ausführung möglich war. Ob indes das Schwungrad überhaupt vonnöten war, läßt sich nicht leicht beurteilen. Spätere Raddampfer konnten im allgemeinen darauf verzichten. Wir kennen jedoch nicht genau die Steuerung des Dampfzu- und -austrittes, die Steuerzeiten und Ventilöffnungen, um nachvollziehen zu können, wie der Rundlauf der Maschine war, wieviel gespeicherte Energie in einem Schwungrad zur Überwindung der Kolbentotpunkte einer einzylindrigen Expansionsmaschine erforderlich war.

Der Bau des Schiffes scheint recht zügig vorangegangen zu sein. Jedenfalls muß Livingston bereits im Frühjahr den Baufortschritt so positiv befunden haben, daß er über Freunde in Amerika eine Sicherung seines Exclusivrechts veranlaßte, eine zeitliche Verlängerung und eine rechtliche Ausdehnung desselben auf Fulton. Im April muß das Schiff fast fertig gewesen sein. Die erstaunlich kurze Bauzeit des Schiffes läßt die Vermutung zu, daß Fulton möglicherweise auch ein für seine Zwecke geeignetes Kasko gekauft hat, oder daß er bei einem Schiffbauer ein Schiff aus dessen Standardfertigung bauen ließ.
Zur Beurteilung der Bauzeit eines Binnenschiffes jener Zeit sei auf das 1816 in Berlin gebaute Dampfschiff *Prinzessin Charlotte von Preussen* hingewiesen, dessen Bau recht genau überliefert ist. Von der Kiellegung bis zur ersten »Werftprobefahrt«, bei der die Innenauszimmerung noch nicht fertig war, hatte man knapp 14 Wochen benötigt.

Fultons Schiff mußte im Prinzip so ausgesehen haben, wie er es auf seinem Plan dargestellt hatte, denn die richtigen Größenverhältnisse waren ja – wie wir von ihm selbst lernen konnten – ungeheuer wichtig. Auch hatte er für sein Kanalprojekt damals schon flachgehende

Schiffe vorgesehen und die sonstigen schiffbaulichen Einzelheiten, die für den Dampfmaschinenantrieb nicht besonders wichtig waren, dürfte er wohl auch in seinem Plan so dargestellt haben, wie man sie damals üblicherweise vorfinden konnte. Er war ja Maler.
Mit welchen Hauptabmessungen das Schiff nun tatsächlich verwirklicht wurde, ist nicht überliefert. Es wäre zwar sehr wertvoll, diese Maße zu kennen, aber es schien wohl niemandem – selbst Fulton nicht – besonders wichtig, diese zu überliefern. Es war ja auch nicht ganz einfach, wie sich gleich zeigen wird. Eines Nachts, das Boot lag fertig hergerichtet für die Versuche auf der Seine, da brach ein schreckliches Unglück herein. Ein gewaltiger Sturm kam auf und – wie es heißt – »die Maschine ging durch den Boden und das Ganze sank auf den Grund des Flusses.«
Fulton hatte schon im Bett gelegen, als er von dem Unglück erfuhr. Er machte sich sofort auf zur Unglücksstelle und arbeitete den ganzen Tag ohne Rast und ohne Nahrung, um die wertvolle Maschine zu retten. Die körperlichen Anstrengungen bei diesen Bergungsarbeiten hinterließen bei Fulton eine gewisse Sensibilität seiner Gesundheit, die er bis zu seinem Lebensende spüren sollte, – aber die Maschine wurde gerettet.

Das spektakuläre Ereignis dieses Schiffsunterganges ist für viele Autoren in Sachen Dampfschiffsentwicklung Anlaß zu wilden und wirren Vermutungen und Legenden. Manche halten die Maschine für zu schwer für das Schiff, bei anderen kam Fultons Dampfschiff überhaupt gar nicht erst zum Fahren. Dazwischen variieren die Ansichten, daß Fultons Schiff bei der zweiten Probefahrt zerbrach, bis hin zu der Meinung, daß das Schiff durch Wellengang sank. All dies wird auf eine unzureichende Konstruktion zurückgeführt, so wie es von früheren Dampfschiffsversuchen anderer Erfinder schon berichtet worden war. Nun, wenn man diese Havarie mit den Augen eines Flußschiffers betrachtet, wird man viel eher zu der Auffassung neigen, daß das Schiff nicht richtig am Ufer festgemacht war und sich durch die Wellen- und Windbewegung während des Unwetters an den Ufersteinen leckgeschlagen hat. Das Schiff, wie üblich ohne Schotte gebaut, mußte schlicht und einfach sinken, ohne sich lange mit maschinentechnischen Konstruktionsfehlern aufzuhalten. Wenn man schon ein Schiff in der Obhut von Maschinenbauern und Zimmerleuten läßt...!

Modell von Robert Fultons erstem Dampfschiff, das am 9. August 1803 in Paris mit der Geschwindigkeit eines eiligen Fußgängers gegen den Strom der Seine dampfte.

Fulton kam recht schnell über diesen Rückschlag hinweg. Er fand ein anderes Schiff, oder – wie Dickinson meint - er ließ ein neues Schiff bauen. Die Hauptabmessungen dieses neuen Schiffes sind nun überliefert:

| | |
|---|---|
| Länge | 22,7 m |
| Breite | 2,6 m |
| Tiefgang (oder max. Tiefgang = Seitenhöhe) | 0,98 m |

Wenn man davon ausgeht, daß Fulton in Frankreich französische Füße als Einheit für den Zeichnungsmaßstab verwendete, dann sollte das Schiff ursprünglich nach seinem Plan folgende Hauptabmessungen erhalten, und wahrscheinlich waren das auch die tatsächlichen Abmessungen der ersten Bauausführung:

| | |
|---|---|
| Länge | 21,5 m |
| Breite | 3,39 m |
| Seitenhöhe | 1,3 m |
| Tiefgang | 0,58 m |

Berechnet man aus diesen Daten und aus dem rekonstruierten Linienriß die Verdrängung des geplanten Schiffes, so kommt man auf 31 Tonnen. Das neue Schiff hätte jedoch bei 0,98 m Tiefgang eine Verdrängung von 42 Tonnen. Da das Schiff aber schmaler, also bestimmt nicht schwerer, und da die Maschine und ihr Gewicht gleich geblieben waren, ist eher anzunehmen, daß die Tiefgangsangabe des zweiten Schiffes doch die Seitenhöhe meint. Eine Vergrößerung der Verdrängung wäre auch gar nicht erforderlich gewesen. Wenn man von einem überschlägigen Maschinengewicht von 12 Tonnen ausgeht, reichen 31 Tonnen Schiffsgröße allemal. Daß das zweite Schiff minimal länger, aber doch bemerkenswert schmaler wurde, kann nicht ein Konstruktionsziel gewesen sein, etwa als Lehre aus dem Untergang des ersten Schiffes. Es ist schwer zu sagen, ob die neue, geringere Schiffsbreite angestrebt war, die ja eine Vergrößerung des Tiefganges im Gefolge hatte. Fulton wollte doch flachgehende Schiffe. Andererseits hatte das geplante Schiff ein Längen-Breiten-Verhältnis von etwa 6:1, das nunmehr verwirklichte Schiff hatte ein solches von 8:1 und die später gebaute *Clermont* hatte sogar 10:1. Dies könnte auf eine bewußte Entwicklung hindeuten, doch ist auch nicht auszuschließen, daß Fulton das nächstbeste, einigermaßen passende Schiff verwendete, das er erstehen konnte.

Der Kritiker, der die Festigkeit oder die Tragfähigkeit des ersten Schiffes als unzureichend ansehen möchte, findet beim nächsten Schiff keine Maßnahme ergriffen, die dem Mangel begegnen würde. Die Gewichts- und Verdrängungsverhältnisse waren – wie bereits dargestellt – in Ordnung, und mit dem in der Zeichnung vorgesehenen dreieckigen Fachwerk des Maschinengerüstes können Längsfestigkeitsprobleme gar nicht erst aufgetreten sein. Ein Konstruktionsfehler hatte das erste Schiff also nicht zum Sinken veranlaßt. Die gerettete Maschine wurde nun in das neue Schiff eingebaut und Anfang August 1803 hatte Fulton es geschafft. Das Dampfschiff war bereit, der Öffentlichkeit vorgestellt zu werden. Eine Kommission des Conservatoire konnte mit mehrfachem Sachverstand die neue Schöpfung Robert Fultons begutachten.

Begeben wir uns an die Seine, gesellen wir uns zu dem interessierten Publikum und erleben wir, was die Tageszeitung »Journal des Dèbats« am 23. Thermidor 1803 wie folgt schildert:

> Am 21. Thermidor (= 9. August) wurde ein Versuch zu einer neuen Entdeckung unternommen, deren vollständiger und brillianter Erfolg wichtige Folgen für den Handel und die Binnenschiffahrt Frankreichs haben wird. Während der letzten zwei oder drei Monate hatte man am Ende des Quay Chaillot ein Schiff mit kuriosem Äußeren gesehen, aus-

gestattet mit zwei großen Rädern, montiert auf einer Achse wie bei einem Karren, während sich hinter den Rädern eine Art großer Ofen mit einem Schlot befand, sowie etwas wie eine kleine Feuermaschine, die die Räder des Schiffes treiben sollte. Vor einigen Wochen hatten übelgesinnte Personen die Konstruktion niedergerissen. Der Erbauer, nachdem er den Schaden repariert hatte, erhielt vorgestern einen höchst schmeichelhaften Lohn für seine Arbeiten und sein Talent.
Um 6 Uhr abends, unterstützt von nur drei Personen, setzte er sein Schiff in Bewegung, mit zwei weiteren Schiffen im Anhang und während eineinhalb Stunden verschaffte er den Neugierigen den seltsamen Anblick eines Schiffes, das von Rädern angetrieben wurde wie ein Karren, Räder, die mit Paddeln oder flachen Schaufeln versehen sind und angetrieben werden von einer Feuerpumpe.
Wenn man es entlang des Quays verfolgte, erreichte das Schiff gegen den Strom der Seine die Geschwindigkeit eines eiligen Fußgängers, was etwa 2.400 Klafter (= 4,6 km) pro Stunde entspricht, während es flußabwärts beachtlich schneller war. Es fuhr viermal auf- und abwärts von Les Bonshommes bis zu den Pumpen von Chaillot (= dampfgetriebenes Wasserwerk), es manövrierte mit Leichtigkeit nach rechts und links, stoppte und fuhr wieder an, bis es an der École de natation (= Schwimmbad) vor Anker ging. Eines der Schiffe brachte eine Gruppe von Beobachtern und Kommissaren des Instituts (Conservatoire) an Land, unter denen sich die Bürger Bossut, Carnot, Promy, Pèrier und Volney befanden. Ohne Zweifel werden sie einen Bericht erstellen, der dieser Erfindung alle Ehre gibt, die sie verdient; denn dieser Mechanismus auf unseren Flüssen Seine, Loire und Rhône angewendet, hätte die vorteilhaftesten Folgen für unsere Binnenschiffahrt.

Geschafft! Das war es also; Fultons erstes Dampfschiff hatte seine Erprobung bestanden. Der Höhepunkt der Erfindungsarbeit war erreicht, von nun an konnte es mit erprobtem Volldampf weitergehen. Die weitere Ingenieurarbeit, nunmehr ein Schiff auch zum Geldverdienen zu bauen, war jetzt nur noch ein Nachvollziehen von Durchdachtem und erfolgreich Erprobtem.

Und jenes Versuchsschiff von der Seine, das namenlose, das vielfach im Geiste und zweimal aus Holz gebaute, das zerstörte, reparierte, bestaunte und gefeierte, – kein Mensch weiß, was aus ihm geworden ist. Pèrrier wird ihm das Herz aus dem Leib genommen haben, die geliehene Feuerpumpe. Irgendwie wird das Kasko verbraucht worden sein, irgendwo wird es zerbrochen und gesunken sein. Vor über 180 Jahren. – Ist jene Zeitungsmeldung die einzige Erinnerung, ist das alles, was von diesem unter großen Mühen geschaffenen Schiff übrig blieb?

## *Erkenntnisse und Anwendung*

Über technische Vorgänge, Möglichkeiten, Alternativen, Auswirkungen und dergleichen zu diskutieren, gar zu philosophieren ist nicht jedermanns Sache. Möglicherweise fühlen sich dabei ausschließlich Techniker angesprochen. Doch in dem vorliegenden Fall kann auch der nur technisch Interessierte in das letzte, tiefe Geheimnis von Fultons erstem Dampfschiff eingeweiht werden, selbst wenn er die technischen Berechnungen von Fulton und die Vergleiche zu neuzeitlichen Berechnungen nicht im einzelnen mitvollzieht, – sie einfach überliest. Dem Ingenieur hingegen, oder dem, der es genau studieren will, darf diese kleine Delikatesse technischer Detektivarbeit nicht vorenthalten werden. Erst damit wird eine fachliche Würdigung dessen möglich, was sich am 9. August 1803 mit Fultons erstem Dampfschiff wirklich ereignete. (Eine etwas detailliertere Abhandlung hierzu ist im Anhang zu finden.)
Jegliches Geschehen steht nicht isoliert für sich, es hatte seine Verursachung, seinen Vorgang ebenso wie es seine Wirkung, seinen Eindruck, seine Spur hinterläßt. Jede Tat beeinflußt – wenn auch manchmal unmerklich, unmeßbar – den Lauf der Welt. So war auch das erste Dampfschiff Fultons einerseits ein zu sichtbarer Form gewordener Ausdruck aller Ideen, Gedanken, Berechnungen, die Fulton in dieses Werk eingebracht hatte. Und nicht nur seine eigenen, es beinhaltete auch Ideen und Erkenntnisse anderer Männer vor oder neben ihm. Angefangen von – na, lassen wir den Beginn vorsichtshalber, um niemanden zu verletzen, doch bei Papin - also angefangen von der Idee oder dem Wunsch Papins, ein Dampfschiff zu bauen, bis hin zu den Handwerkserfahrungen jenes Schlossers, der z. B. das Lagerspiel des Pleuellagers von Fultons Schiff herausarbeitete. All das, was an Überlegungen für und gegen das Dampfschiff je aufgekommen war, all das zusammengezogen fand eine seiner möglichen Verwirklichungen in Fultons erstem Dampfschiff. – Doch der Vorgang ist damit nicht abgeschlossen. Auf der anderen Seite, unabhängig davon, was aus jenem Schiff materiell geworden ist, existierte es als Faktum weiter, es war Erkenntnisträger, es war Signal, Basis für weitere Überlegungen und Betrachtungen.

Sagt man auch im allgemeinen einem Schiff nach, es habe im Gegensatz zu anderen Menschenwerken so etwas wie eine Seele, so sei nicht von dieser hier und in diesem Zusammenhang die Rede. Jenes Schiff hatte darüberhinaus noch etwas anderes Nichtmaterielles an sich: Es war – obwohl gar nicht das technisch beste Versuchsschiff seiner Zeit – zum Kristallisationspunkt für die ganze weitere Entwicklung des Dampfschiffes geworden. Diese Tatsache ist nun allein nicht auf das Gelingen des Schiffes zurückzuführen, sondern auch auf das, was aus der Idee dieses Schiffes hinterher gemacht wurde, wie sie Anwendung fand, wie der geistige Anteil dieses Objektes weiterentwickelt wurde. Eigentlich war die Auswertung der Erkenntnisse aus dem Versuchsschiff klar vorprogrammiert, alsda jener Vertrag zwischen Livingston und Fulton das weitere Geschehen bereits festlegte. Das Gelingen des Versuches auf der Seine sollte nur noch das Signal, der Anstoß für das geplante Vorgehen sein. Doch jenes Schiff war mehr, es warf seine Schatten bereits vor jenem 9. August 1803 voraus, wie sich das für größere Ereignisse so gehört. Auch Napoleon hatte davon erfahren, daß da unten am Quay Chaillot sich etwas tat, was möglicherweise bedeutsam werden konnte. Am 21. Juli schrieb er an den Staatsekretär im Marineministerium:

> »Ich habe gerade Ihre Mitteilung über das Projekt des Bürgers Fulton gelesen, das Sie mir viel zu spät zusandten in Anbetracht dessen, daß dieses das Gesicht der Welt verändern könnte ... Wie auch immer, ich erwarte, daß Sie es schnellstens der Prüfung einer Kommission anvertrauen ... Versuchen Sie die Angelegenheit innerhalb einer Woche zu erledigen, denn ich bin ungeduldig.«

Napoleon, stets darüber unterrichtet, was sich in der Intelektuellen-Szene von Paris rührte, hatte also begriffen. Diese Versuche unterschieden sich von anderen, vorangegangenen, es könnte sein, daß hier möglicherweise der Durchbruch bevorstand.
Auch Fulton hatte offenbar keinen Zweifel am Erfolg seiner Versuche gehegt, denn bereits drei Tage v o r (jawohl: vor) der öffentlichen Versuchsfahrt bestellte er bei Boulton & Watt die Maschine für sein nächstes Schiff, die berühmte *Clermont*. Sicherlich wird er vor der offiziellen Versuchsfahrt schon ausprobiert haben, ob und wie die Maschine läuft, doch unter voller Belastung mit zwei Anhangschiffen konnte er

Skizze Fultons zur Bestellung der Maschine für die *Clermont,* die er 1803 bei Boulton & Watt noch vor der Probefahrt seines ersten Schiffes in Auftrag gab.

die Wirkung vorher nicht kennen, ein solcher Versuch wäre sicher nicht vor der Öffentlichkeit zu verbergen gewesen. Folglich war sich Fulton auch ohne den letzten Versuch schon sehr sicher, daß er mit seiner Technik auf dem richtigen Kurs lag, und er konnte insoweit für die *Clermont* die richtige Maschine bestellen. So schrieb er am 6. August 1803 an Messrs. Boulton & Watt, Birmingham:

> »Gentlemen – wenn es kein Gesetz gibt, das den Export von Dampfmaschinen in die Vereinigten Staaten von Amerika verbietet, oder wenn Sie die Genehmigung zum Export von Maschinenteilen erhalten, seien Sie so gut, und machen Sie mir einen Zylinder von 24 PS, doppelt wirkend, einen Kolben, der 4 Fuß Hub macht...«

Dann erklärte er den Herren, was er an einer Watt'schen Maschine anders haben möchte:

> »... nicht den Kondensator unter dem Zylinder wie üblich...«

und da gibt es noch einige Probleme in jenen Tagen:

»...da es so schwierig ist, Briefe zwischen Paris und Birmingham zu senden, was zu Zeitverlusten führt, seien Sie so gut und fertigen Sie die genannten Teile so schnell wie möglich, ohne zu warten, bis Sie wieder von mir hören.«

Die Gentlemen in Birmingham hörten aber doch bald wieder von ihm, die Bestellung wurde präzisiert in 12 Lieferpositionen (zu denen auch 2 Kästen Zement gehörten) und einer Skizze der Maschine. Es ist für das Verständnis der damaligen technischen Welt nicht uninteressant, die oben begonnene Bestellung weiter zu lesen:

»...bitte ich Sie, mir folgende Fragen zu beantworten: Wie groß muß der Kessel für eine solche Maschine sein, bei welchem Wasser- und Dampfvolumen? Welches ist die erprobt beste Methode zur Kesselherstellung und die nützlichste Art ihn anzuordnen? Welche Mengen Kohlen wird die Maschine pro Stunde brauchen, und was kostet sie ab Birmingham? Können Sie mir etwas sagen über den Unterschied in der Heizung mittels Kohle oder Holz, da in den meisten Fällen in Amerika Holz benutzt werden muß, und muß nicht bei der Verwendung von Holz die Heizfläche verändert werden? Was wird die Folge sein, wenn der Kondensator mit brackigem Wasser gefahren wird? Wie wird der innere und äußere Durchmesser des Zylinders sein und seine Länge, und wie hoch ist die Geschwindigkeit des Kolbens pro Sekunde? Diese Information wird es mir ermöglichen, die anderen Teile der Maschine zu kombinieren...«

Fast möchte man zu dem Eindruck neigen: Wie kann bloß ein qualifizierter Dampfschiffserbauer solche – Verzeihung – laienhaften Fragen stellen. Mußte Fulton die ganze Problematik nicht schon längst studiert haben und selbst fachmännisch beantworten können? Hatte er nicht sogar eigene, recht hochfliegende Vorstellungen von Dampfkesseln geäußert? Und er hatte doch dabei auch klar erkannt, daß mit höherem Dampfdruck die Maschine mehr leisten könnte. Wieso ist nun hier die eminent wichtige Frage nach dem Dampfdruck überhaupt nicht angeschnitten?
Nun, der Dampfdruck war damals ein Datum, das überhaupt nicht zur Disposition stand. Er war festgelegt und vorgegeben, zwar nicht vom Lieben Gott, jedoch von seinem Stellvertreter in Sachen Dampfkraft, von James Watt. Selbstverständlich handelte es sich hier nicht um eine willkürliche Vorschrift. Watt hatte in langwierigen und kum-

mervollen Versuchen mit der Kolbenabdichtung herausgefunden, daß ein Optimum von Maschinenleistung und ein Minimum an Dampfverlust durch die Kolbenabdichtung nur zu erreichen war, wenn der Dampfdruck in der Gegend von 0,5 $kp/cm^2$ lag. Und dies hatte auch Gültigkeit für einen Mr. Fulton. Der hielt sich dann auch daran, wie wir später noch feststellen können. Es war also nicht so wie man vielfach glaubt, daß nur die Festigkeit der damaligen Dampfkessel den niedrigen Dampfdruck bestimmte, die Maschinen taten das ihrige dazu. Damit war der Dampfdruck so etwas wie eine konstante Rechengröße für Fulton, zu der es offensichtlich keine Frage gab.
Daß Fulton sich nach der besten Art der Kesselherstellung erkundigte, muß vor dem Hintergrund gesehen werden, daß es damals überhaupt noch nichts Gescheites auf diesem Gebiet gab. Die ersten Kessel waren den Sudkesseln der Brauereien nachgebaut. Watt verwendete kupferne Kofferkessel, und als man mit den ersten Flammrohrkesseln anfing, hatte man enorme Dichtungsprobleme, hervorgerufen durch die großen Wärmespannungen. Das Kesselmaterial reichte von Gußeisen, Kupfer, Messing bis hin zu schmiedeeisernen Platten. Die unzähligen Nietnähte mußten mit Hilfe von Blei, Hanf und ölgetränktem Papier wasser- und dampfdicht gemacht werden. Der Erfolg war vom handwerklichen Können des Schmiedes abhängig und von seinem Dichtungsrezept.
Als 1813 Richard Trevithick seinen ersten zylindrischen Kessel für höheren Druck konstruierte, stand ihm als Dichtungsmaterial nichts Besseres zur Verfügung als Lehm und Pferdemist. Von einer deutschen Eisengießerei wurde als Rezept für Dichtungsmaterial empfohlen, neben Leinen und Hanf ein Faß Rinderblut, zwei Stück Käse und zehn Pfund Mehl zu verwenden. Daß der Ästhet Fulton von dieser unappetitlichen Technik zu Besserem strebte, sei ihm unumwunden zugestanden.

Die Frage Fultons nach der unterschiedlichen Wirkung von Holz- bzw. Kohlefeuerung war wohl ebenfalls gerechtfertigt. Heizwerttabellen gab es damals noch nicht, und sicher hätte es Fulton auch am Rüstzeug in theoretischer Wärmelehre gemangelt, um hiermit zu rechnerischen Voraussagen zu kommen. Also war es erforderlich, ohne falschen Stolz die Frage an denjenigen zu richten, der praktische Erfahrungen gesammelt haben konnte. Ob es zu dieser Frage über-

haupt europäische Erfahrungen gab, sei dahingestellt, denn die besser geeignete Kohle gab es mittlerweile genügend, mindestens dort, wo Dampfmaschinen bereits in Betrieb waren.
Ob Boulton & Watt die Frage nach der Verwendbarkeit von Brackwasser im Kondensator beantworten konnte, ist zweifelhaft. Watt hatte ja dem Schiffsantrieb keine Beachtung geschenkt. Nun hatte sich Watt persönlich um 1800 aus dem Betrieb zurückgezogen, und ab irgendwann kümmerte man sich ja dort auch um Schiffsantriebe. Immerhin ist von James Watt jr. überliefert, daß er 1817 den Dampfer *Caleconia* von London zum Rhein brachte und bis Koblenz fuhr. Die spezielle Frage Fultons hingegen konnte man wohl nicht beantworten, und Fulton mußte sein Lehrgeld selbst bezahlen, indem er später die Notwendigkeit einer Materialänderung erkannte und statt des rostenden Eisens Bronze verwendete.
Interessant ist die Frage nach der Kolbengeschwindigkeit der Maschine. Hier ging es sicher nicht um das technische Datum der Kolbengeschwindigkeit an sich, sondern um die Anzahl der Hübe pro Zeiteinheit, um die »Drehzahl« der Maschine also. Hieraus konnte Fulton, wie er sagte, den Rest des Antriebes »kombinieren«. Hier lag das Feld der eigentlichen schöpferischen Leistung Fultons, auf diesem Gebiete kannte er sich aus. Die Leistung der Maschine hatte er bei der Bestellung vorgegeben. Wenn er jetzt nach der Drehzahl fragte, so war dies eigentlich die Frage nach dem Drehmoment. Diesen Begriff kannte Fulton zwar noch nicht, doch er konnte damit umgehen, wenngleich auch nur in schrittweiser Berechnung und durch überlegensmäßige Anpassung.
So weit also wird aus Fultons Schriftwechsel mit Watt sein Verständnis zur Maschinentechnik deutlich. Dieses galt es nun mit der Kunst des Schiffbaus zu vereinen. Zu diesem Zwecke hatte er eingehende Studien zum Schiffswiderstand getrieben, denn nach diesem richtete sich, wie er erkannt hatte, die Größe der Maschine und die Art und Weise, wie sie ihre Kraft im Wasser zur Wirkung brachte.

Es war indes nicht nur der Schiffswiderstand, den Fulton eingehend untersuchte. Er hatte klar erkannt, daß das Problem ganzheitlich anzugehen sei. Am Ende sollte ein gewinnbringendes Transport- und Verkehrsmittel stehen. Wichtig war folglich, daß eine ausreichend große Anzahl von Passagieren mit Gepäck in einer annehmbaren Zeit

und auf bequeme, sichere Weise befördert werden konnte. Nur dann war an ein Klingeln in der Kasse des Schiffsbetreibers zu denken. Und hierzu mußte alles aufeinander abgestimmt sein – alles, was da in wechselseitiger Abhängigkeit stand: Schiffsgröße, Reisezeit, Antriebsleistung, Zuladung, Brennstoffvorrat und und und... Ein Problemknäuel, in dem auch noch alle Einzelfäden technisch genauestens ausgetüftelt sein mußten, damit das Ganze überhaupt funktionierte.
All diese Zusammenhänge waren Fulton völlig klar, und wenn er dies mit seinem ersten Dampfschiff praktisch bewiesen hatte, so konnte er sogar eine rechnerische Bearbeitung vorlegen, wie er das später in einer Patentspezifikation getan hat.
Prüft man diese Berechnungen nach, so kommt man zu sehr kuriosen und – ja, peinlichen Entdeckungen. (Im Anhang kann eine solche Prüfung nachvollzogen werden.) Unter Technikern spricht man darüber am besten hinter vorgehaltener Hand: Fulton hat sich verrechnet. Mehrmals sogar. Die große Linie seines Rechenwerkes stimmt zwar, doch es folgen grobe Oberflächlichkeiten in den Einzelberechnungen, die weit von der technisch erlaubten Genauigkeit abweichen. Einzelne physikalische Berechnungsansätze zeigen eine ganz besondere Originalität, um nicht zu sagen deutliche Mängel. Es kann einem richtig leid tun. Doch irgendwie hatte wohl eine gute Fee oder sonst wer die Finger im Spiel: Die Fehler heben sich am Ende gegenseitig auf.

War das nun Zufall? Oder war es jenes Glück, das mit den Dummen sein soll? Nein, wir wollen das als solides praktisches Können anerkennen; finden wir doch hier das Geheimnis von Fultons erstem Dampfschiff. Ohne jenes Schiff auf der Seine hätte es für Fulton keine weiteren Schiffe gegeben. Sein erstes Dampfschiff erfüllte die Aufgabe, die Erkenntnisse aus vorangegangenen Modellversuchen auf das naturgroße Schiff zu übertragen. Als Versuchsschiff konnte es mit der Aufgabe beladen werden, den Umrechnungsfaktor zwischen dem Schiffswiderstand aus Modellversuchen und der Antriebsleistung der naturgroßen Maschine zu bestimmen. Dieses Schiff war noch befreit von einem Zwang zu wirtschaftlicher Nutzung. Wenn sich die Maschinenleistung nicht richtig berechnen ließ, dann mußten eben die Widerstandskoeffizienten für die Berechnung des Schiffswiderstandes passend gewählt werden. Diese Kennwerte zu finden, war Fultons Verdienst an der Erfindung des Dampfschiffes, und das ließ sich nur mit Hilfe eines naturgroßen Versuchsschiffes bewerkstelligen. Getreu den Worten von Baurat Uhlen: »Wenn die Theorie nicht mit der Praxis übereinstimmt, dann fehlt etwas an der Theorie« hat Fulton die Theorie so lange zurechtgerückt, bis sie mit der Praxis übereinstimmte. Sage einer, das sei kein Können! Allein das Ergebnis war wichtig.

Hätte Fulton, ohne sein erstes Dampfschiff zu bauen, an der Theorie des Schiffsantriebes weitergemurkst, er wäre daran gescheitert und hätte nie ein wirtschaftliches Schiff gebaut. Hätte er nur mit rein praktischer Bastelei ein Dampfschiff zustande gebracht, es wäre ihm nicht anders ergangen als seinen Vorgängern im Amte der Dampfschiffserfinder. Er war gezwungen, das wirtschaftlich nutzbare Schiff vorauszuberechnen; Livingston hätte ihn sofort fallen lassen, wenn das Geschäft nicht wie vertraglich vereinbart gelaufen wäre. Und für eben diese Vorausberechnung brauchte Fulton unbedingt jenes Schiff auf der Seine, jenes namenlose, vielfach im Geiste und zweimal aus Holz gebaute, das zerstörte und reparierte, bestaunte und gefeierte, das irgendwo abgewrackte; seine Seele wurde in aller Stille und Bescheidenheit zum Umrechnungsfaktor, der die weitere praktische Entwicklung der Dampfschiffahrt auf theoretischer Grundlage ermöglichte.

# *Robert Fulton*

Sein erstes Dampfschiff, das Schiff auf der Seine, haben wir nun bis in sein – man möchte fast sagen – intimstes Geheimnis studiert. Wir haben Robert Fulton über viele Jahre seiner professionellen Entwicklung und seines Schaffens begleitet, wir haben ihn kennengelernt, wie man etwa einen langjährigen Arbeitskollegen kennenlernt. Vielleicht haben wir auch einige Wesenszüge an ihm gefunden, die uns einen gewissen Respekt abverlangen, vielleicht weckten die Erlebnisse dieses Menschen so etwas wie Mitgefühl, vielleicht hätte man als Zeitgenosse diesem Manne Sympathie entgegenbringen können.
Wäre es nun nicht etwas unhöflich, nur einfach das Werk anzunehmen und den Menschen, der es geschaffen hat, zu verabschieden? Und ist es nicht notwendig – wenn man sein Werk richtig begreifen will – den ganzen Menschen zu betrachten, und das auch nach der Vollendung seines Werkes? Auch das, was später aus dem Menschen wird, war eine vorher vorhandene Anlage, die möglicherweise ihren Anteil an der Schaffung seines Werkes hatte. Begleiten wir also unseren Bekannten oder Freund noch ein Weilchen, er wird uns noch einiges zu vermitteln haben.

Sein Biograf C.D. Colden beschreibt Robert Fulton als: »...großen, schlanken Mann, wohlgebaut und von Natur aus ein Gentleman, mit leichtem, würdevollen Auftreten. Er hatte ein viel zu gutes Gemüt für auch nur die geringste Affektiertheit, und ein bescheidenes Vertrauen in seine eigenen Werte und Talente verhalfen ihm zu einem offenen Auftreten in jeglicher Umgebung. Seine Züge waren energisch und von männlicher Schönheit. Unter starken Augenbrauen lagen große, dunkle und durchdringende Augen. Seine Wesensart war sanft, bei einer Neigung zur Lebhaftigkeit. Seine Umgebung fand ihn stets heiter, von herzlicher Art und war angenehm berührt von seiner feinen Sprache. Er drückte sich energisch, flüssig und korrekt aus, und da er mehr auf selbsterfahrene Kenntnisse als auf Bücherwissen baute, waren seine Feststellungen oft allein wegen ihrer Originalität interessant. In all seinen häuslichen und gesellschaftlichen Beziehungen war er eifrig, gütig, großzügig, liberal und herzlich. Geld brauchte er nur für Wohltätigkeitszwecke, zur Gastfreundschaft und zur Unterstützung der Wissenschaft. Am auffälligsten an seinem Charakter waren aber seine stille Standhaftigkeit, sein Fleiß und jene unermüdliche Geduld und Ausdauer, die es ihm immer wieder ermöglichten, Schwierigkeiten zu überwinden.«

Nun, letzteres können wir mittlerweile selbst bestätigen, doch sollte es ruhig nochmals durch eine Überlieferung von Barlow akzentuiert werden. Danach hat sich Fulton während des Baues seines Tauchbootes zu jenen Leuten geäußert, die glaubten, als »Aufsichtsbehörde« in das Projekt hineinreden zu müssen: »Man muß solche Genossen als Bestandteile der Maschine betrachten, mit denen man die gleiche Geduld haben muß, wie mit einem Stück Holz oder Messing.« Auch sein Fleiß, war er schon bis in seine französische Zeit hinein beachtlich gewesen, steigerte er sich sogar noch später mit den Aufgaben, die es zu bewältigen galt.

1807 setzte Fulton das in Bewegung, was ihn hauptsächlich berühmt gemacht hat, das Dampfschiff *North River Steamboat of Clermont*, später kurz *Clermont* genannt. Warum hatte das vier Jahre lang auf sich warten lassen, wo die Konzeption doch 1803 schon feststand und auch damals bereits die Maschine bei Boulton & Watt bestellt worden war?

Erinnern wir uns jener Geister, die Fulton rief, als er sein Tauchboot baute und dabei den Gedanken an Torpedos entwickelte. Die Franzosen hatten gezögert, aber in England war Fulton ebenfalls bekannt, und sein Projekt hatte dort Interesse gefunden. Über Holland mußte Fulton inkognito nach England reisen und wurde dort von der Regierung verpflichtet, Torpedos in größerer Stückzahl zu bauen. Das Dampfschiff konnte erst einmal warten.

Um pyrotechnische Versuche durchzuführen, hatten die Engländer weniger Skrupel als die Franzosen wegen eines zu sprengenden Schiffes. Man ergriff kurzerhand eine dänische Brigg, und Fulton durfte sie mittels seiner Treibminen mit Zeitzünder (nichts anderes waren nämlich seine Torpedos) in die Luft jagen. Das klappte zwar, aber man erkannte auch, daß das Problem im Heranbringen des Torpedos an das feindliche Schiff lag. Ein Spottvers in einer englischen Zeitung veranschaulichte dies recht einleuchtend: »Das ist ein Vögelfangen, Tölpel, mit Salz auf den Schwanz streuen.« Fulton durfte gehen, aber er hatte bei der ganzen Sache nicht schlecht verdient.

Robert Fulton im Alter von etwa 40 Jahren. Das Selbstporträt entstand während seines zweiten Aufenthaltes in England 1804–1806. Das Dampfschiff im Hintergrund kann noch keine Abbildung der *Clermont* sein. Es muß die Darstellung seines ersten Schiffes bzw. dessen weiterentwikkelte Idee sein.

Im Dezember 1806 kehrte er nach rund 20 Jahren in sein Heimatland zurück. Jetzt konnte er sich endlich wieder der Dampfschiffahrt und seinem Vertrag mit Livingston widmen. Und das tat er auch sofort mit dem bekanntermaßen ihm eigenen Elan.

Noch war der Anfang nicht so leicht, wie er gedacht hatte. Sein theoretisches und praktisches Wissen standen wohl auf einer ausreichenden Basis, finanziell hatte er sich jedoch verkalkuliert. Noch vor der Fertigstellung der *Clermont* mußte er sich nach weiteren Gesellschaftern mit Geldeinlagen umsehen, und die Schwierigkeit lag darin, daß diese bestenfalls anonym in den Vertrag einzusteigen gedachten. Man wollte zwar das gewinnversprechende Spiel nicht versäumen, jedoch fürchtete man auch die Blamage, wenn »Fultons Verrücktheit« vielleicht doch nicht gut funktionierte. Aber schließlich gelang das Werk. Am 17. August 1807 verließ »The Steamboat«, wie Fulton sein Schiff kurz nannte, mit etwa 40 Gästen den Hafen am North River in New York. Fulton berichtete seinem Freund Barlow:

»Meine Dampfschiffsreise nach Albany und zurück brachte mehr Erfolg als ich kalkuliert hatte. Die Entfernung von New York nach Albany beträgt 150 Meilen. Ich fuhr diese hinauf in 32 Stunden und zurück in 30 Stunden. Ich hatte einen leichten Gegenwind auf dem ganzen Weg hin und zurück, so daß ich ständig nur mit der Kraft der Dampfmaschine fahren konnte. Ich überholte viele Schaluppen und Schoner, die gegen den Wind kämpften und ließ sie zurück als sie ankern mußten.
Der Kraftantrieb von Schiffen mittels Dampf ist nun vollkommen bewiesen. An dem Morgen, als ich New York verließ, glaubten vielleicht noch keine 30 Leute in der ganzen Stadt, daß das Schiff mehr als eine Meile pro Stunde laufen würde und nützlich wäre. Als wir vom Kai abfuhren, der von Schaulustigen bevölkert war, hörte ich viele bösartige Bemerkungen. Das ist die Art, wie Nichtwisser diejenigen grüßen, die sie «Philosphers» und «Projectors» nennen.
Nachdem ich viel Zeit und Geld aufgewendet habe und viel Eifer in die Vollendung dieses Werkes, macht es mir, wenn Sie so wollen, eine große Freude zu sehen, daß es all meine Erwartungen voll erfüllt. Es wird ein preiswertes und schnelles Transportmittel für den Handel am Mississippi, Missouri und anderen großen Flüssen, die nun ihre Schätze unseren Landsleuten darbieten. Auch die Aussicht auf persönliche Einkünfte hat für mich einen gewissen Anreiz, doch empfinde ich letztlich mehr Befriedigung bei der Vorstellung an den unermeßlichen Vorteil, den mein Land aus dieser Erfindung ziehen wird.«

*North River Steamboat of Clermont,* später kurz *Clermont* genannt, Robert Fultons berühmtes Dampfschiff von 1807, mit dem er auf dem Hudson-River als erster eine dauernde wirtschaftliche Dampfschiffahrt eröffnete.

Würdigen wir Fultons Leistung in dem großen Augenblick der Zeitgeschichte, in dem die Dampfschiffahrt ihren wirklichen Anfang nahm mit den Worten, die ihm J.T. Flexners in seinem Werk »Steamboats Come True« widmet: Ein Teil seiner Vorgänger läßt sich charakterisieren mit »Schaffen ohne Denken«, die anderen mit »Denken ohne Schaffen«. Indem er beide Tugenden vereinigte, war Fulton der erste Ingenieur im modernen Sinn, der am Dampfschiff arbeitete.

Die *Clermont* wurde recht schnell zu einem wirtschaftlichen Erfolg, und weitere Schiffe mußten folgen. Mußten folgen, weil die Patentlaufzeit des Staates New York jeweils um 5 Jahre (max. 30 Jahre) verlängert wurde, wenn ein neues Schiff erfolgreich in Betrieb genommen würde. Von 1808 bis 1816 wurden nach Fultons Plänen nicht weniger als 16 Dampfschiffe auf dem Hudson, dem Mississippi, dem Potomac und für den Fährbetrieb um New York gebaut. Die Krönung stellte die Planung für die 526 t große *Chancellor Livingston* mit 60 PS Antriebsleistung dar. Die größte Antriebsleistung war 1814 in der *Demologos* installiert worden: 120 PS.

Allein mit den Aktivitäten zum Bau der Schiffe und auch mit ständigen Anstrengungen zu technischen Weiterentwicklungen an denselben war es nicht getan. Es war noch immer – und immer stärker – auch der Kampf um den Einsatz der Schiffe notwendig.
Zwischendurch kam Fulton bei all seiner Arbeit doch tatsächlich auch zum Heiraten. Im Jahre 1808 ehelichte er Fräulein Harriet Livingston, die Tochter eines Vetters von Robert Livingston. Die Fultons bekamen einen Sohn und drei Töchter. Die Nachkommenschaft und auch der Verzehr der 8prozentigen Kapitalverzinsung aus der aufblühenden Dampfschiffahrt waren gesichert.
Sein Patent auf ganz USA auszudehnen, das wurde nun das weitere Ziel Fultons, um »eine zweite Sehne auf dem Bogen« zu haben, wenn der Patentschutz für den Hudson River hinfällig würde. Dieser war tatsächlich sehr gefährdet, denn der Nachbarstaat New Jersey hatte ein Gesetz erlassen, wonach die Schiffahrt auf allen Grenzgewässern zum Staate New York hin auch den Schiffern des Staates New Jersey zugänglich sein sollte. 1810/11 kam es zur Gründung einer konkurrierenden Schiffahrtsgesellschaft und für Fulton sofort zu heftigen Auseinandersetzungen mit derselben. Die Schiffer mischten dabei auf ihre

Weise mit: Es kam zu Rennfahrten und Rammings. Fulton versuchte seine Erfindung auf eine neue Rechtsgrundlage zu stellen und bat seine Freunde in England um eidesstattliche Erklärungen, daß er schon 1793 und 1803 die Ideen zum dampfgetriebenen Schiff entwikkelt hatte.
Mit einer solchen Bestätigung, die er von Lord Stanhope erhielt, konnte er sich tatsächlich durchsetzen. Die gegnerische Company wurde gerichtlich aufgelöst, die Schiffe beschlagnahmt und zerstört. Doch es kamen andere, die sich gegen das Monopol auflehnten. Immer wieder wurde der Rechtsstreit bis in die höchste amerikanische Gerichtsbarkeit vorgetragen und nach vielen Jahren – Fulton erlebte es selbst gar nicht mehr – entschied das oberste Berufungsgericht 1825, daß kein amerikanischer Staat das Recht habe, Monopole zu gewähren.

Immer weiter strebte Fulton, um seine Erfindung sogar weltweit einzuführen. 1809 tritt Fulton an die bayerische Regierung heran, die Donau aufwärts ohne Pferde zu befahren. Josef von Baader nimmt in einem Gutachten Stellung, in dem er zu »beweisen« versucht, daß die Verwendung von Dampfschiffen auf einigermaßen schnell fließenden Strömen gänzlich unmöglich sei. Selbst noch 1816 hält Georg von Reichenbach eine Dampfschiffahrt nur auf ruhigen Gewässern für durchführbar, obwohl in diesem Jahr das englische Dampfschiff *The Defiance* rheinaufwärts bis Köln fuhr.
Auch in England bemühte Fulton sich 1814 vergeblich, sein Dampfschiff einzuführen. Dort glaubten die entscheidenden Stellen immer noch nicht an ein sinnvolles Funktionieren des Dampfschiffes, obwohl mittlerweile Henry Bell seit 1812 erfolgreich mit der *Comet* auf dem Clyde verkehrte. Fulton und seine Verbindungsleute kamen in England nicht an, England wollte, ja mußte, seinen eigenen Weg zum Dampfschiff finden.
Ebenfalls an Rußland dachte Fulton und er schrieb 1811 an den amerikanischen Botschafter in Rußland, damit dieser ihm dort zu einem 20-jährigen Exclusivrecht für einen Dampfschiffsbetrieb zwischen St. Petersburg und Kronstadt verhelfen sollte. Fulton erreichte es nicht. 1815 baute der Engländer Charls Baird, der dort Bergwerksdirektor war, auf der Newa das erste russische Dampfschiff. Es hatte einen Kamin, der aus Ziegelsteinen gemauert war.

Und noch weiter strebte Fulton. 1812 schrieb er an Thomas Law, der jahrelang im Dienste der East India Company in Bengalen war: »...bitte sagen Sie mir, wie man an einen Patentschutz zum Betrieb von Dampfschiffen auf dem Ganges kommen könnte...«
Kein Zweifel, Fultons Schaffensdrang kann nur als enorm bezeichnet werden, besonders wenn man dessen Ergebnisse betrachtet, die nicht durch Macht und Autorität zustande gekommen waren, sondern durch emsige Arbeit an jedem Detail. Und es waren nicht nur die Technik, das Schiff und die Maschine, denen Fulton seine ganze Aufmerksamkeit widmete, er suchte auch stets alle Randprobleme mit der gleichen Sorgfalt zu bearbeiten. So ließ er z.B., bevor er das erste Dampfschiff für den Mississippi baute, den Maschinenbauer Nicholas Roosevelt einmal mit einem Flachboot und dann nochmals mit einem Ruderboot den Strom vom Ohio bis New Orleans befahren, um herauszubekommen, ob und mit welcher Art Dampfschiff dieses Fahrtgebiet zu erobern sei. Damals glaubte niemand, daß man den Mississippi überhaupt bergwärts befahren könne, doch mit Fultons Schiff *New Orleans* führte Roosevelt dies vor. Fulton erhielt das Monopol auf dem Mississippi für 18 Jahre.
Nicht nur um die Schiffstechnik und Gewässerkunde mußte Fulton sich kümmern, auch die organisatorischen Dinge des Schiffsbetriebes erledigte er und zeigte selbst im Umgang mit den Schiffern das erforderliche Durchsetzungsvermögen. So könnte man jenen Brief vom 9. Oktober 1807 an seinen Kapitän Andrew Brink noch heute als Dienstanweisung an Kapitäne ausgeben:

»Sir,- beiliegend ist die Anzahl der Reisen, die das Schiff in dieser Saison noch laufen soll. Veröffentlichen Sie diese bitte in den Zeitungen von Albany... Sie müssen auf jeden einzelnen (der Mannschaft) einwirken, daß er seine Pflicht tut, oder ihn an Land setzen und durch einen anderen ersetzen. Alles muß in Ordnung gehalten werden, alles an seinem Platz und alle Teile des Schiffes müssen aufgeklart und sauber sein. Es genügt nicht, den Männern zu sagen, was sie tun sollen, sondern man muß es überwachen und durchsetzen, daß sie es tun. Ein Paar guter, schneller Augen eines Kapitäns ist mehr wert als sechs Paar Hände. Wenn das Schiff schmutzig ist und daher ohne Auftrag, dann ist das Ihr Verschulden. Laßt keinen Mann untätig sein, solange da noch das Geringste zu tun ist, und sorgt dafür, daß sie sich schnell bewegen.

> Gehen Sie kein Risiko ein, gleich welcher Art, wenn Sie Schiffen begegnen oder sie überholen, die Ihren Weg schneiden oder kreuzen. Fahren Sie stets unter ihrem Achterschiff, wenn da noch der geringste Zweifel ist, daß Sie deren Vorschiff nicht mindestens innerhalb von 50 yards freifahren können. Geben Sie die Abrechnung Ihrer Einnahmen und Ausgaben an den Kanzler...«

Es war indes nicht nur die Dampfschiffahrt, die Fulton beschäftigte, obwohl man annehmen sollte, er müßte damit voll ausgelastet gewesen sein. Seit seiner Rückkehr aus England hatte Fulton die Torpedos noch auf kleiner Flamme gehalten. 1807 führte er Regierungs- und Marinevertretern seine Torpedoidee vor, und im Hafen von New York ließ er nochmals eine Brigg hochgehen. Erst drei Jahre später konnte er mit seiner Broschüre »Torpedo War and Submarine Explosions« tatsächlich das Interesse des Kongresses wecken. Er erhielt Forschungsmittel und baute weitere Modelle, mit denen er das Ziel verfolgte, von Kanonen abgefeuerte Unterwassergranaten zu bauen. Inzwischen hatte aber die Marine selbst ein geeignetes Gegenmittel erfunden, nämlich Fangleinen um das bedrohte Schiff zu legen, an denen die Minen hängen bleiben würden.

Und nun erleben wir, was Fulton'sche Hartnäckigkeit war. Er erfand ein Gerät, mit dem man solche Leinen kappen konnte. Der Beschreibung nach muß es sich um einen Apparat gehandelt haben, dessen Hauptbestandteile eine Boje, ein Gewehrschloß und ein Klappmesser waren. Den Rest mag man sich geneigterweise selbst denken. – Man hörte nie wieder etwas von seinen Torpedos.

Mechanisches Gerät für die Kriegsmarine verlor jedoch seine Anziehung auf Fulton nicht. Als 1812 die Vereinigten Staaten mit England in kriegerische Auseinandersetzungen gerieten, bestanden die Gefechte hauptsächlich aus einzelnen kleineren Seekriegsaktionen entlang der amerikanischen Küste und auf den Großen Seen. Die USA hatten noch keine gemeinsame Marine, sodaß sich die einzelnen Hafenstädte auf eine Selbstverteidigung einstellen mußten. So kam es auch in New York 1814 zur Gründung einer Hafen- und Küstenschutzgesellschaft.

Diesem Unternehmen widmete sich Fulton sofort mit Leib und Seele. Er wurde zum Ingenieur der Gesellschaft ernannt und sollte seine Idee eines Dampf-Schlachtschiffes verwirklichen. Ein solches Schiff wurde tatsächlich gebaut, mit einer Länge von ca. 5o m, mit einem Doppel-

rumpf, in dessen Mitte ein Schaufelrad von 120 PS Leistung lief. Ausgerüstet mit 21 Kanonen, durch extrem starke Bordwände geschützt, absolut windunabhängig in den engen Küstengewässern zu manövrieren, das war die *Demologos*, ein weiteres Lebenswerk Fultons.
Das Schiff war im November 1814 so weit, daß Fulton es mit zweien seiner Schiffe im Hafen schleppen konnte, damit er vor der endgültigen Fertigstellung eine Gewissheit für die Richtigkeit der – für damals doch extremen – Leistungsauslegung erhielt. Er sollte die erfolgreiche Probefahrt nicht mehr miterleben. Zum Einsatz kam das Schiff jedoch nicht, mittlerweile hatte man sich mit England arrangiert. Als Depotschiff der Marine lag die *Fulton*, wie sie inzwischen zu Ehren ihres Erbauers genannt wurde, bis 1829 in Brooklyn, bis eine Explosion sie vernichtete.
Das Dampf-Kriegsschiff, Robert Fultons letzte, unvollendete Tat, war für seine Zeitgenossen in der neuen Welt indes Anlaß genug, um seinen Konstrukteur auf einem Podest gleich einem Nationalhelden zu plazieren. Man kann davon ausgehen, daß es nicht nur das bekannte amerikanische Trachten war, möglichst viele Zeugnisse einer eigenen Geschichte und Tradition oder Beispiele eines amerikanischen Volksgeistes vorweisen zu können, – nein, man wird Fulton tatsächlich und guten Sinnes als nationales Vorbild, als Pionier, als erfolgreichen Geschäftsmann, als Freund von Kunst und Wissenschaft und letztlich als praktischen Patrioten gesehen haben. Seine Leistungen rechtfertigen diese Ansicht durchaus.

Im Februar 1815 hatte Fulton den Fortgang der Arbeiten an der *Demologos* kontrolliert und eine Inspektion seiner Schiffe zur Reparatur für die kommende Saison vorgenommen. Es war kalt; der Hudson war teilweise zugefroren. Vom Begehen des Eises war er durchnäßt zurückgekehrt und eine unausbleibliche Erkältung zwang ihn, drei Tage lang das Bett zu hüten. Dann mußte er unbedingt wieder nach seinen Schiffen sehen. Es folgte eine Lungenentzündung. Am frühen Morgen des 23. Februar 1815 starb Robert Fulton.
Zum Leichenzug, der einen Tag nach seinem Tode von seiner Wohnung aus durch New York zog, waren Offiziere der National- und Staatsregierung, Magistratsmitglieder, Abgeordnete, Mitglieder der Wissenschaftlichen Gesellschaft und eine große Menge der Bevölkerung gekommen. Läden und Geschäftshäuser in New York waren

zum Zeichen der Achtung geschlossen. Minutensalven wurden von der *Demologos* und von der Westbatterie abgeschossen, die ganze Zeit über, die die Prozession dauerte, bis zur Trinity Church im Herzen der Stadt. Der Leichnam wurde in einem Mahagonisarg in der Familiengruft der Livingstons beigesetzt.

* * *

»Sah ich es? Täuschet der Blick? Nicht spielendes Wild der Gewässer, Nicht vierfüßige Kraft zieht das fremde Geschirr; Noch stellt Masten es auf, noch breitet es Segel den Winden; Wühlet die Flut nicht um unter der Ruder Schlag. Sondern es eilet freiwillig dahin mit beweglichen Kreisen. Gleichwie dädalische Kunst lebende Bilder formt. Aber ich seh' auch Wolken des Rauches hoch sprühende Funken Dränget der wilde Vulkan etwa die Wellen zurück? Welch ein Heroen-Geschlecht, dem so viel Wunder gehorchen, welchem der Schiffahrt Lauf ordnete göttlicher Wink!

So empfand es der Romantiker August Wilhelm Schlegel anläßlich einer Dampferfahrt des preußischen Königs Friedrich Wilhelm III. auf dem Rhein. Das war der eigentliche Beginn der Rheindampfschiffahrt im Jahre 1825, 10 Jahre nach Fultons Tod. Zu dieser Zeit waren in England und Schottland bereits über 160 Dampschiffe gebaut worden. Von England aus flutete die neue Technik zu allen schiffbaren Gewässern des Kontinents. Amerika erlebte seine eigene Dampfschiffsentwicklung, den jeweiligen Flüssen angepaßt, draufgängerisch, nach dem schnellen Dollar trachtend. 1840 gab es allein auf den Western Rivers 1000 Dampfschiffe. – 25 Jahre nach Fultons Tod.

ANHANG 1

# *Fultons Berechnungen*

In seiner Patentspezifikation von 1809 beschreibt Fulton sehr detailliert seine Erfindung, und hier können wir all das wiederfinden, was er u. a. mit Hilfe seines ersten Dampfschiffes auf der Seine in Erfahrung gebracht hatte. Hier ist das immaterielle Erbgut jenes Schiffes dargestellt, das theoretische Muster für Fultons *Clermont* und seine weiteren Schiffe.

Wichtigste Grundlage von Fultons know how waren gewisse empirisch gefundene Kennwerte zum Schiffswiderstand. Hierzu hatte er vielleicht Zugang zu französischen Studien gehabt, und hierzu hatte er auch eigene Experimente durchgeführt. Dieser Bereich war von ihm so gut wie seinerzeit für ihn möglich erforscht worden. In den Definitionen einiger grundsätzlicher Theorien hielt sich Fulton offenbar an einen Bericht über Experimente von Beaufoy, die um 1800 veröffentlicht worden waren. Jedenfalls, wie dort beschrieben, verwendete er Ansätze zur Aufteilung des Schiffswiderstandes in Bugwiderstand, Heckwiderstand und Reibungswiderstand, welcher resultierte aus der Adhäsion der Wasserteilchen an der benetzten Oberfläche sowie aus deren Rauhigkeit. Diesem Widerstand fügte er einen «Widerstand» des Propellers (des Antriebselements schlechthin) hinzu, womit er nunmehr den Gesamtwiderstand des Schiffes kannte. Das ganze wurde alsdann für verschiedene Schiffsgeschwindigkeiten ermittelt, sodaß sich dieser Fortbewegungskraft die entsprechende Maschinenkraft gegenüberstellen ließ.

Den Schiffswiderstand zu berechnen, war den Schiffbauern der damaligen Zeit noch längst nicht geläufig. Was sollte man auch mit diesem Wert anfangen können, wenn man nicht einmal die «Probefahrtsgeschwindigkeit« kannte, für die man zu garantieren gehabt hätte, die man also vorausberechnen hätte müssen und wofür man dann den Wert des Schiffswiderstandes gebraucht hätte. (O glücklicher Schiffbauer jener alten Zeiten). Dennoch mußte ein höherkarätiger Schiffbauer, der etwas auf sich hielt, sich schon seine Gedanken machen, ob sich neben einem ausreichenden Stauraum für den Bedarf an Hülsen-

früchten einer 56köpfigen Besatzung in der Ostindienfahrt nicht doch auch die Schiffsform optimieren ließe, um die Fahrt- und Segeleigenschaften zu verbessern.
So tat dies z. B. auch der größte Schiffbauer jener Epoche, der Schwede Henrik af Chapman. Er stellte Modellversuche an und schleppte Rotationskörper mit verschiedenen Bug- und Heckformen vorwärts und rückwärts. Seine Feststellungen führten zu der Erkenntnis, daß ein schnelleres Schiff das stumpfe Ende vorne haben sollte, ein langsameres dagegen sollte vorne schärfer sein; es sei schließlich also die Lage der größten Wasserlinienbreite in Abhängigkeit der Schiffsgeschwindigkeit festzulegen. Chapmans Erkenntnisse aus den Modellschleppversuchen waren damit weniger quantitativ verwertbar als vielmehr ein qualitativ näheres Herantasten an das, was der Schiffbauer als das Höchste seines Könnens bezeichnete, es war sozusagen eine Sensibilisierung jenes berühmten, gottbegnadeten dicken Schiffbauerdaumens. Und all diese feineren Weisheiten bezogen sich nur auf Segelschiffe, die außer der Fahrt voraus noch ganz andere Schwimmkunststücke zu vollbringen hatten. Und vor allem – für Chapman wäre dies ein Greuel gewesen – sie hatten nicht das parallele Mittelschiff, das sich im Binnenschiffbau bewährt hatte und üblich war.
Wäre diese hohe Schule der Schiffbaukunst Fulton bekannt gewesen, – er hätte nichts damit anfangen können. Ob andere, ihm zugängliche Untersuchungen (Beaufoy) ihm praktisch verwertbare Ergebnisse vermittelt haben oder hätten, oder ob sie nur Systemansätze lieferten, sei dahingestellt. In einer von ihm gezeichneten Tabelle zur Ermittlung des Widerstandes verschiedener Schwimmkörper nennt er als Quelle eine englische »Gesellschaft zur Erforschung des Schiffbaus in den Jahren 1793 bis 1798.« Unabhängig – wenn auch initiiert – von solchen akademischen Forschungen ist sicher, daß Fulton sich auf eigene systematische Modellversuche verlassen mußte und sich dabei auf einen ganz speziellen Schiffsentwurf konzentrieren konnte: auf ein flachgehendes, relativ langes Binnenschiff.
Hätte er allgemeingültige akademische Studien betrieben oder verwertet, er wäre sicher nicht zu einem praktischen Ergebnis gelangt. Seine Untersuchungen waren nicht Selbstzweck, sondern spezifische Hilfsmittel, die er vor der praktischen Nutzung sogar noch durch einen Großversuch prüfte.

**Table of friction, of plus & minus pressure and of the Resistance of one square foot of Propeller**

| Nautical Miles an Hour | 1 | 2 | 3 | 4 | 5 | 6 |
|---|---|---|---|---|---|---|
| When a boat is smooth and clean the friction on every 50 square feet will be | .70 | 2.36 | 4.74 | 7.75 | 11.32 | 15.43 |
| The plus & minus pressure on each foot of bow of 60, the stern being also 60 degrees | .88 | 3.31 | 7.15 | 12.37 | 18.93 | 26.78 |
| The plus & minus pressure on each foot of bow of 20 deg: the Stern being also 20 degrees | .61 | 2.29 | 4.97 | 8.64 | 13.30 | 18.90 |
| The resistance of one square foot of propellers is | 3.25 | 13.09 | 29.36 | 51.95 | 80.76 | 115.71 |

Fultons Rechentabelle zur Bestimmung des Schiffswiderstandes und des Propellerschubes.

Übrigens, wenn Fulton in seiner Rechentabelle von «Nautical Miles» spricht, dann sind – wie eine Rückrechnung ergibt – doch «Statute Miles» (1 M = 1,6 km) gemeint.

Wie Fulton mit seinen Kenntnissen operierte, das sei an dem nachfolgenden Beispiel für ein später geplantes Schiff gezeigt. Es wird hier nur die Berechnung für eine von mehreren Geschwindigkeitsstufen beispielhaft wiedergegeben. Das geplante Schiff sei 154 ft lang, 18 ft breit, habe 2 ft Tiefgang, Bug und Heck in einem Winkel von 60° (diesen Winkel hatte Fulton in seinen Versuchen als den optimalen ermittelt).

Der Antrieb erfolgt über eine doppeltwirkende Dampfmaschine mit 4 ft Hub bei 15 Doppelhüben pro Minute = 2 ft pro Sekunde. Aus Fultons schrittweiser Kalkulation sei nun die Berechnung herausgegriffen für:

»Fünf Meilen pro Stunde:

| | lb. |
|---|---|
| Plus- & Minus-Druck (= *Formwiderstand*)<br>für ein ft. = 18,93 multipliziert mit 36 ft. Buglänge ist | 681,48 |
| Reibung auf 848 sq. ft. an Bug und Heck<br>mit 11,32 lb. pro 50 ft. ist | 192,44 |
| Reibung auf 2200 sq.ft. für den<br>Rumpf des Schiffes ist | 498,08 |
| Gesamtwiderstand des Schiffes | 1.372,00 |
| Gleicher Widerstand für den Propeller | 1.372,00 |
| Gesamtkraft | 2.744,00 |

| | |
|---|---|
| Damit diese an den Propellern wirksam wird bei 5 Meilen pro Stunde oder 7 1/2 ft pro Sekunde: das ist 3 mal und 3/4 schneller als der Kolben, multipliziert mit | 3 |
| | 8.232,00 |
| Add. 3/4 von 2744 | 2.058,00 |
| Stärke der Maschine | 10.290,00 |

Ein Zylinder von 36 in. Durchmesser gleich 1296 »round inches« (= *sq.in.*) und 8 lb. pro in. (= *sq.in.*) (*das ist der Dampfdruck von 0,56 kp/cm²*) ergeben 10368 lb. Der Umfang der Propellerräder benötigt eine Geschwindigkeit von 10 Meilen pro Stunde oder 15 ft. pro Sekunde, gleich 900 ft. pro Minute

Wenn 14 ft. Durchmesser, 44 Umfang, ergeben 20 1/2 Umdrehungen 902 ft. pro Minute. Dabei machen die Räder 20 1/2 Umdrehungen, die Maschine macht 15 Doppelhübe, die Multiplikation von Rad und Antrieb ist 1/4, das erste Rad der Maschine sei 4 ft im Durchmesser, dann ist das Ritzel an der Radwelle 3 ft. Durchmesser.

Fultons Auslegung von Raddurchmesser, Zylinderdurchmesser und Getriebe. Zeichnungsanlage zu seiner Patentschrift von 1809.

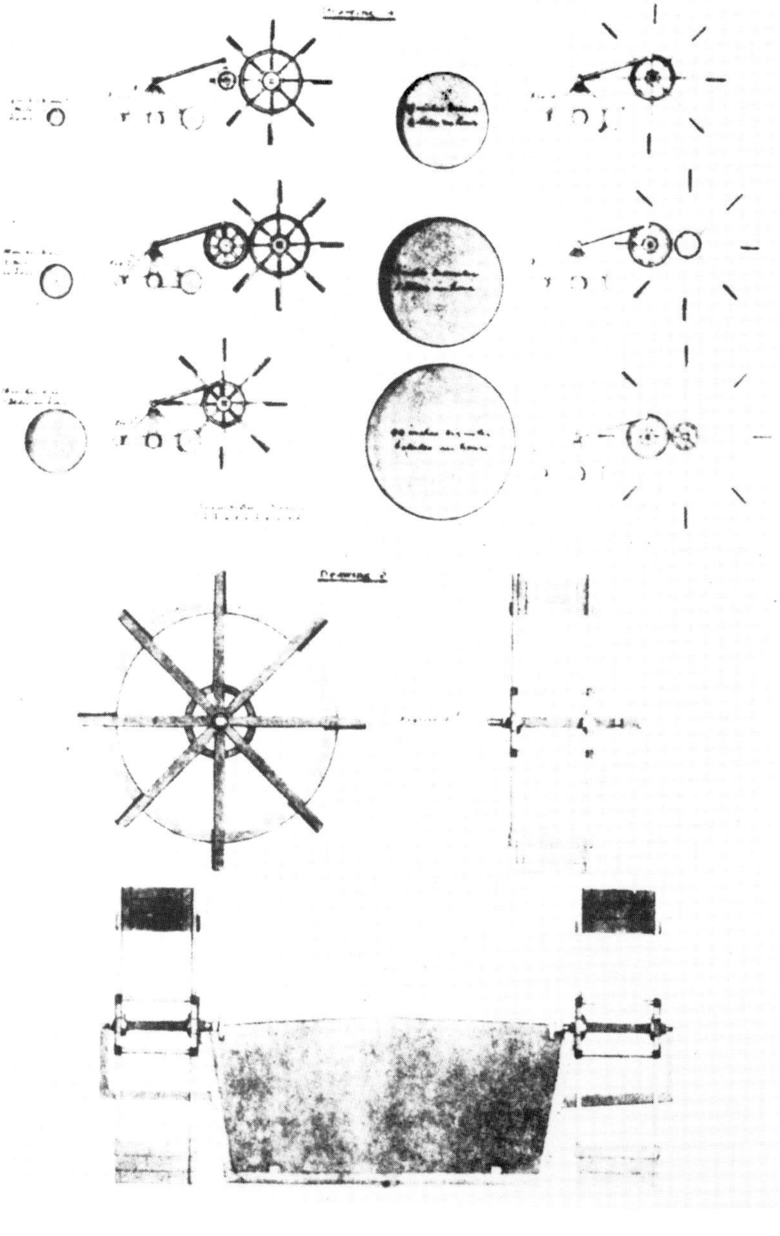

| | |
|---|---|
| Der Gesamtwiderstand des Schiffes ist | 1.372,00 lb. |
| Der Widerstand von 1 sq.ft. bei 5 Meilen pro Stunde ist 80,16 – 16 1/2 ft. (=*sq.ft.*) ergeben | 1.332,54 lb. |

Das sind 8 1/4 ft (*sq.ft.*) für jeden Propeller. Da 5 Meilen pro Stunde einen Zylinder von 36 in. Durchmesser erfordern, ist nachzusehen, ob das Gewicht von Schiff, Maschine & Maschinerie keinen größeren Tiefgang als 2 ft. ergibt, und damit einen größeren Widerstand als die Maschine mit 5 Meilen pro Stunde treiben könnte.

| | tons |
|---|---|
| Bug- und Heckverdrängung | 38,5 |
| Rumpf mit 100 ft. Länge verdrängt 3600 cft., gleich | 112,5 |
| Gesamt | 151,0 |

| | |
|---|---|
| Jeder laufende ft. des Schiffes wird 1200 lb. wiegen | 94,0 |
| Maschinerie | 40,0 |
| | 134,0 |

Es verbleiben 17 tons für Ladung, damit ist es praktikabel, ein solches Schiff mit 5 Meilen pro Stunde anzutreiben.«

Wenn man nun Fulton schon so genau auf den Rechenstift sieht, dann sollte man sich auch die Mühe machen, oder besser gesagt, man sollte sich das Vergnügen einer wirklich kritischen Betrachtung erlauben, um zu sehen, was Fulton nun tastsächlich alles erkannt hatte, um den Schiffsantrieb zu beherrschen. Würde man zu einem Vergleich zum heutigen Stand der Technik das von Fulton gewählte Rechenbeispiel einem Schiffbauingenieur als Konstruktionsaufgabe in Auftrag geben, so könnte dieser aus dem reichen Erfahrungsschatz der Raddampferkonstruktion um die letzte Jahrhundertwende schöpfen, aus dem die heute noch gültigen Berechnungsverfahren stammen.

Für das vorgenannte Beispiel bei 5 Meilen pro Stunde Fahrgeschwindigkeit ergibt sich z. B. nach einem Rechenverfahren von Dietze:

| | nach neuerer Berechnung | nach Fultons Berechnung |
|---|---|---|
| Formwiderstand | 110 kp = 242 lb. | 681 lb. |
| Reibungswiderstand | 170 kp = 374 lb. | 691 lb. |
| Gesamtwiderstand | 280 kp = 616 lb. | 1372 lb. |

Fultons Ergebnis liegt also viel zu hoch, so hoch gar, daß man das Ergebnis nicht mehr nur mit einem bestreitbaren Sicherheitszuschlag entschuldigen kann. Interessant ist jedoch, daß er den Widerstand in Form- und Reibungswiderstand aufteilt, und daß diese Aufteilung in ihrer Verhältnismäßigkeit sogar einigermaßen richtig ist. Ohne Vorstudien konnte er die Größenordnung dieser Aufteilung nicht herausfinden. Wie er schließlich dazu kam, ist nicht festzustellen. Aus seinen Schleppversuchen konnte er dies wohl auch nicht ermittelt haben. - Aber sehen wir weiter.

Die Schaufelräder würde der Ingenieur der heutigen Praxis nach Gebers und Krappinger berechnen und fände für die von Fulton gewählten Radabmessungen:

| | nach heutiger Berechnung | nach Fultons Berechnung |
|---|---|---|
| Drehzahl | 19,6 1/min | 20 1/2 1/min |
| Schub | 470 kp = 1036 lb. | 2744 lb. |

Der von Fulton errechnete Propellerschub resultierte aus dem für das Schiff erforderlichen Schub von 1732 lb und einem Zuschlag von 100 % dafür, daß der Radumfang mit der doppelten Schiffsgeschwindigkeit fortschreiten sollte. Das hatte Fulton sich so ausgedacht, und ganz verkehrt war das auch nicht. Der Schiffbauer würde heute vom Slip des Propellers sprechen, den Fulton ohne Berücksichtigung einer Mitstromziffer ganz grob mit 50 % angenommen hatte. Dieser Wert ist nicht falsch; man würde heute unter Berücksichtigung einer Mitstromziffer von etwa -0,07 und bei »modernen« Rädern einen Slip von 40 % ansetzen. Der Schub jedoch, den Fulton für erforderlich

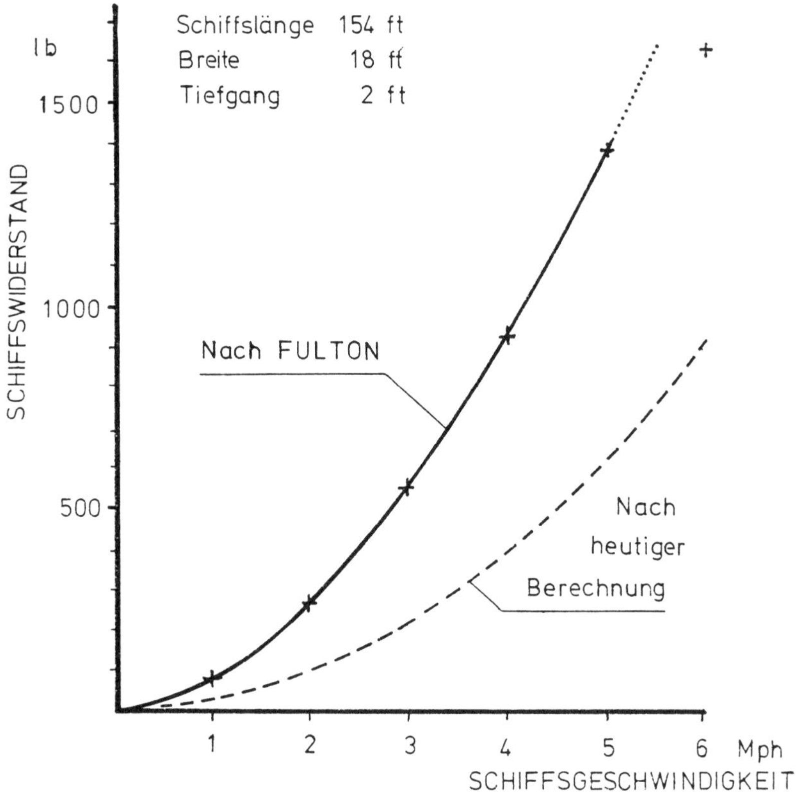


Vergleich des von Fulton errechneten und nach neuerer Rechenmethode ermittelten Schiffswiderstandes.

hielt, war entschieden zu hoch, da er diesen ja aus dem schon viel zu hoch errechneten Widerstand ermittelt hatte.

Untersucht man rechnerisch aus Drehzahl, Dampfdruck u.s.w. die Leistung der Maschine, die Fulton für diesen Fall verwenden wollte, so dürfte diese tatsächlich etwa 21 PSi (indiziert) entwickelt haben. Die von Fulton errechnete »Stärke der Maschine« mit 10.368 lb ist falsch. Nach heutiger Berechnung aus dem Schiffswiderstand errechnet sich die erforderliche Leistung zu 18 PSe (effektiv). Bei diesem Räderwerk sind hierfür sicherlich 21 indizierte PS nötig. – Nanu, jetzt stimmt es ja auf einmal wieder. Fultons Schiff konnte also doch mit der von ihm gewählten Maschine und bei seiner Radauslegung tatsächlich die errechnete Geschwindigkeit von 5 Meilen pro Stunde erreichen. Fultons Rechnung führte am Ende doch noch zu einer richtigen Aussage, obwohl seine Berechnung an verschiedenen Stellen – sagen wir es ganz höflich – sehr gewagt war. In der Widerstandsrechnung hatte Fulton fürchterlich schwarz gesehen, wohingegen er die wirkliche Maschinenleistung und die Übertragungswirkungsgrade aber in gleichem Maße überschätzte: In der Summe glichen sich die beiden Fehler aus, das Ergebnis war richtig!

Allein Fultons Ansatz über die Kraft, die die Maschine entwickeln würde, mutet unheimlich an. Wenn er schon aus 36 inch Kolbendurchmesser 1296 »round inch« macht, müßte man annehmen dürfen, er errechnet solcherart die Kolbenfläche. Er wird es wohl auch gewollt haben, aber das geht ja nicht einfach mit dem Durchmesser zum Quadrat, man braucht dazu auch $\pi/4$. Nun einmal ganz unverblümt gefragt: kannte Fulton etwa nicht die Zahl $\pi$ ? Wenn er schon auf zwei Stellen hinter dem Komma genau rechnet, wie kann er dann das Ergebnis um $\pi/4 = 21\ \%$ verfälschen? Aber aber, es wird doch sehr gebeten, natürlich kannte Fulton die Zahl $\pi$ , schließlich hat er doch den Radumfang richtig berechnet. Aber wie war das mit dem Dampfdruck? Da hat er sich wirklich gröblichst vertan, denn er setzte den Dampfdruck im Kessel gleich dem mittleren effektiven Druck im Zylinder. Das geht nun wirklich nicht. Auch von einem Füllungsgrad des Dampfes im Zylinder hatte Fulton noch nichts gehört. Daß er Zahnrad- und Lagerreibung vernachlässigt, ist dagegen nur eine läßliche Sünde. Er hat also glatt die Maschine in dem Maße stärker eingeschätzt, wie er den Schiffswiderstand größer berechnet hatte bzw. umgekehrt – und im Ergebnis war alles wieder richtig!

# ANHANG 2
## *Zeittafel*

**1643** Torricelli entdeckt die Schwere der atmosphärischen Luft

**1647** Pascal entdeckt die Meßbarkeit des Luftdrucks

**1649** Erfindung der Luftpumpe durch v. Guericke

**1651** Thomas Hobbes »Leviathan«, philosophische Begründung der absoluten Monarchie

**1654** v. Guerickes Versuch mit den luftleer gepumpten »Magdeburger Halbkugeln«

**1662** Gründung der Akademie der Wissenschaften in England (»Royal Society«)

**1663** Marquis of Worcester beschreibt Vorrichtung, bei der durch Dampfdruck Wasser gehoben werden kann

**1663** v. Guericke erfindet das Manometer

**1664** Colbert setzt in Frankreich merkantilistische Handelspolitik durch

**1664** Die Engländer entreißen den Niederländern New Amsterdam (New York)

**1666** Akademie der Wissenschaften (= Naturwissenschaften) in Paris von Colbert gegründet.

**1667** Im Frieden von Breda werden die Neuholländischen Kolonien zu Englischen Nationalstaaten (u.a. New York)

**1675** Sternwarte in Greenwich gegründet

**1683** Morland beschreibt eine »Neue Kraft des Feuers«

**1689** »Bill of Rights« in England; das Parlament wird zum maßgebenden Staatsorgan

**1689 – 1725** Zar Peter I, der Große, regiert Rußland

**1690** Papin erfindet eine atmosphärische Kolbendampfmaschine

**1698** Savery erhält ein Patent für die erste praktisch angewandte kolbenlose Dampfmaschine (Einsatz:Bergwerkspumpe)

**1703** Newton wird Präsident der Royal Society in London

**1707** Papin erprobt auf der Fulda ein Radschiff mit der Idee, es mit einem Dampfantrieb auszurüsten

**1710** Newcomen erfindet die Kolben-Dampfmaschine mit Einspritzkondensation und schafft damit

**1711** den lange betriebenen Typ der atmosphärischen Maschine

**1713 –**
**1740** Friedr. Wilhelm I. regiert Preußen: «Die Seele ist für Gott, alles andere muß mein sein«.

**1714** Leibnitz »Monadologie« (Rückführung der Substanzen auf Einheiten seelischer Prägung)

**1715** In Kassel wird eine englische Feuermaschinc aufgestellt

**1717** Einführung der allgemeinen Schulpflicht in Preußen

**1718** Beighton konstruiert eine brauchbare Steuerung zu Newcomens Maschine

**1718** Fahrenheit erfindet das Quecksilberthermometer

**1725** Jakob Leupold entwirft eine Hochdruckdampfmaschine mit zwei Kolben

**1735** Huntsman produziert Gußstahl

**1736** Hulls erwirbt ein Patent zum Schleppen von Schiffen mit Dampfantrieb

**1737** Gründung der Universität Göttingen

**1740 –**
**1780** Maria Theresia regiert in Österreich und Friedrich II, der Große, regiert in Preußen. Aufklärungsphilosophie, aufgeklärter Absolutismus

**1741** Celsius gibt dem Quecksilberthermometer eine 100-Grad-Einteilung

**1744** Kessler baut eine atmosphärische Maschine

**1750** Voltair kommt zum Hofe Friedrich des Großen

**1751** Nicolas Focq baut die erste Hobelmaschine

**1751 – 1780** D'Alambert und Diderot geben ihre »Enzyklopädie der Wissenschaften, Künste und Gewerbe« heraus

**1753** Bernoulli berechnet, daß der Dampfantrieb für Schiffe unbrauchbar ist

**1755** Kant veröffentlicht sein Werk »Allgemeine Naturgeschichte und Theorie des Himmels oder Versuch von der Verfassung und dem mechanischen Ursprung des ganzen Weltgebäudes, nach Newton'schen Gesetzen abgehandelt«

**1756 – 1763** Siebenjäriger Krieg

**1760** Vancanson erfindet die Drehbank, bei der Werkzeugschlitten sich der Länge nach bewegt

**1760** Lloyds Register of Shipping wird gegründet

**1762 – 1796** Katharina II regiert in Rußland

**1762** Gründung der »Helvetischen Gesellschaft für Freiheit und Toleranz«

**1763** W. Henry baut eine Dampfmaschine in ein Schiff, das sank

**1764** James Watt entdeckt wesentliche Verbesserungen für die Dampfmaschine

**1765** Smeaton baut eine transportable atmosphärische Dampfmaschine zum Auspumpen von Baugruben

**1765** Watt baut Versuchsmaschine mit getrenntem Kondensator

**1765** 14. Nov. Robert Fulton wird geboren

**1766** Polsanow baut in Sibirien eine atmosphärische Dampfmaschine

**1769** 25. 4. Watt erhält ein Patent auf sein Verfahren, den Dampfverbrauch bei Feuermaschinen zu verringern. Bau einer solchen Maschine

1769 Smeaton baut die erste, noch sehr unzulängliche Bohrmaschine

1769 Watt überlegt, die Expansionsarbeit des Dampfes zu benutzen

1770 Vancanson erfindet einen Bohrer zur Metallbearbreitung

1772 Smeaton optimiert die Abmessungen von Einzelteilen der Newcomen'schen Maschine und verbessert Leistung und Wirkungsgrad

1772 Gründung der Universität Coimbra, Sitz der Aufklärungsphilosophie

1772 D'Auxiron und de Follenay erhalten ein Privileg für die Dampfschiffahrt in Frankreich

1773 Englische Teeladung wird im Hafen von Boston ins Meer geworfen.

1774 Colles baut in Philadelphia erfolglos ein Dampfschiff

1774 D'Auxiron baut ein Dampfschiff, das sank

1774 Watt legt dem Patentamt Zeichnungen einer doppeltwirkenden Maschine vor

1775 Perrier baut ein Dampfschiff, das nicht schnell genug war

1775 –
1783 Freiheitskrieg der nordamerikanischen englischen Kolonien

1775 Das engl. Parlament verlängert Watts Patent bis 1800

1775 Bramah erfindet die hydraulische Presse

1775 Chapman gibt zu seiner »Architektura Navalis Mercatoria« den Text »Tractat on Skepps-Buggeriet« heraus

1775 Goethe schreibt den »Urfaust«

1776 Jauffroy d'Abbans baut ein Dampfschiff mit Entenfuß-Paddeln

1776 : »Common Sense«
Lehre von den Menschenrechten

1776 Watt benutzt die Expansionsarbeit des Dampfes im Zylinder

1776 Adam Smith veröffentlicht sein Werk über die Nationalökonomie (Bibel des Komunismus)

1776 Hornblower erfindet die Zweifachexpansionsmaschine, die aber nicht zum Einsatz kommt

1776 Unabhängigkeitserklärung der 13 vereinigten Staaten von Amerika und Erklärung der Menschenrechte

1776 John Wilkonson konstruiert die erste wirklich brauchbare Bohrmaschine

**1776 –**
**1783** Amerikanischer Unabhängigkeitskrieg (George Washington) unterstützt durch Frankreich und Spanien

**1779** Wasbrough erhält engl. Patent zur Umwandlung der Hin- und Herbewegung in eine Drehbewegung mittels Sperrhaken

**1779** James Cook wird von Südseeinsulanern umgebracht

**1780** Dalleroy konstruiert eine Dampfmaschine

**1780 –**
**1790** Joseph II. regiert in Österreich

**1780** James Pickart erhält engl. Patent für Pleuelantrieb

**1781** Aufhebung des Zunftzwanges und der Leibeigenschaft in den habsburgischen Ländern

**1782** Fulton verläßt sein Elternhaus, geht nach Philadelphia

**1781** Schiller schreibt die «Räuber»

**1782** Watt erhält Patent auf die doppeltwirkende Expansionsmaschine

**1783 –**
**1801** Pitt der Jüngere Englischer Premier

**1783** Jauffroy d'Abbans baut das Dampfschiff «PYROSCAPHE»

**1783** Die Brüder Montgolfier lassen einen Heißluftballon aufsteigen

**1783** Anerkennung der USA im Frieden von Versailles

**1784** Es werden gewalzte eiserne Platten, statt der bisherigen gehämmerten, hergestellt

**1785** Cartwright erfindet den mechanischen Webstuhl

**1785** Erste deutsche Dampfmaschine in Preußen

**1785** Der Engländer Meikle konstruiert die erste Dreschmaschine

**1786** John Fitch erhält amerikanisches Patent auf ein Dampfschiff und gründet «The Steamboat Company»

**1786** Französisch-Englischer Freihandelsvertrag führt zu schwerer Industriekrise in Frankreich

**1786** Rumsey baut ein Dampfschiff mit Wasserstrahlantrieb

**1787** Fulton ist in London als Maler tätig

**1787** Symington erhält ein engl. Patent für ein Dampfschiff

**1787** Fitch versucht auf dem Delaware ein Dampfschiff mit seitlichen Stechpaddeln

**1788** Fitch befördert mit dem Dampfschiff »PERSERVERANCE« Personen von Philadelphia nach Burlington

**1788** Agrarkrise in Frankreich als Folge von Mißernten

**1788** Miller und Symington versuchen auf dem See von Dalswinton ein Dampfschiff

**1788** Kant: «Kritik der Praktischen Vernunft»

**1788** Miller und Symington erproben ein neues Dampfschiff mit verstärkter Leistung

**1788** und später 1790 erhält Rumsey ein engl. Patent für den Pumpstrahlantrieb

**1789 –**
**1795** Französische Revolution

**1789 –**
**1797** George Washington amerikanischer Präsident

**1789** Vereinigte Staaten ein einheitliches Zoll- und Wirtschaftsgebiet, Ende des alten Kolonialsystems, Beginn der Industriealisierung

**1790** Fitch baut sein drittes und sein viertes Dampfschiff die «EXPERIMENT»

**1790** Morey erprobt ein Heckradschiff auf dem Conecticut, gibt aus Geldmangel auf

**1791** Festlegung der Grundrechte (Bill of Rights) in der Verfassung der Vereinigten Staaten

**1792** Perrier gibt in einem Patent eine liegende Dampfmaschine an

**1793** Fultons erste Gedanken zum Dampfschiff

**1793** Rumsey versucht ein Boot mit Wasserstrahlantrieb auf der Themse

**1793** Goethe entwickelt seine Farbenlehre

**1793** Barlow erhält franz. Patent für einen Wasserrohrkessel

**1793** Fichte bringt seine »Wissenschaftslehre« heraus

**1793** Erstes Telegramm mit dem optischen Telegrafen von Chappe über eine Strecke von 70 km gesendet

**1793** Gründung der amerikanischen Hauptstadt Washington

**1794** Morey erhält amerik. Patent auf Radantrieb für Schiffe

**1794** Gründung der Ecole polytechnique in Paris

**1795** Senot verwirklicht die erste Maschine zum Schneiden von Schrauben

**1797** Cartwright erfindet die metallische Kolbenabdichtung

**1797** Fulton geht nach Paris

**1798** Livingston erhält amerikanisches Privileg zum Betreiben der Dampfschiffahrt

**1798** Admiral Nelson besiegt die französische Flotte bei Abukir

**1799** J. Stevens baut Bootsmodell mit Dampfmaschine und zwei Schrauben

**1799** Gewerkschaftsgesetz verbietet in England die Trade Unions

**1799** Alexander v. Humboldt beginnt seine Erforschung von Südamerika

**1800** Fulton erprobt sein Tauchboot «NAUTILUS»

**1800** Evens baut die erste Hochdruck-Dampfmaschine

**1800** Maudslay konstruiert eine Drehbank

**1801** Symington erhält engl. Patent auf Schiffsdampfmaschine mit horizontalem Zylinder und von Lord Dundas den Auftrag zum Bau eines Schleppers

**1801** Das linke Rheinufer wird französisch

**1801** Lebou baut einen Motor mit innerer Verbrennung

**1801 – 1809** Thomas Jefferson amerikanischer Präsident, besonderes Interesse: Winning of the West

**1802** Symington erprobt den Schleppdampfer «CHARLOTTE DUNDAS»

**1802** Desblanc erhält ein Patent auf ein Dampfschiff, das er aber nur als Modell baut

**1802** Trevethik erhält engl. Patent auf eine Hochdruckmaschine ohne Kondensation

**1803** Valmont und Mac Kaever bauen ein Dampfschiff am Kentucky, das 1805 in New Orleans mit einer Maschine von Evans ausgerüstet wird. Das Schiff fällt trocken, die Maschine arbeitet später in einem Sägewerk

**1803** Deutschland wird neu aufgeteilt

**1803** 9. Aug. Fulton erprobt sein erstes Dampfschiff auf der Seine

**1803** Schinderhannes wird hingerichtet

**1804** «CARLOTTE DUNDAS» wird die Betriebserlaubnis entzogen

**1804** Woolf verbessert die Hornblower'sche Dampfmaschine und schafft die moderne Kolbendampfmaschine

**1805** Fulton erprobt in England Torpedos

**1806** Fulton kehrt nach Amerika zurück

**1807** Fulton baut die «CLERMONT»; das erste wirklich erfolgreich genutzte Dampfschiff mit einer Maschine von Watt. Der Durchbruch in der Entwicklung des Dampfschiffes ist geschafft.

**1807** Stevens erste Seefahrt eines Dampfschiffes «PHOENIX» von New York zum Delaware

**1813** Fulton baut das erste Kriegsdampfschiff «DEMOLOGOS»

**1815** 23. Febr. Fultons Tod

**1804** Ludwig van Beethoven: «Eroica»

**1804** Napoleon wird zum Kaiser gekrönt

**1805** Seeschlacht bei Trafalgar sichert englische Seeherrschaft

**1805** Dreikaiserschlacht bei Austerlitz: Napoleon besiegt die Österreicher und die Russen

**1806** Verkündigung der Kontinentalsperre gegen England

**1807** Die USA und England verbieten den Sklavenhandel zur See

**1812 –**
**1814** Blockade der amerikanischen Küste durch die Engländer

**1813** Völkerschlacht bei Leipzig; Preußen, Österreich und Rußland siegen entscheidend über Napoleon

**1814 –**
**1815** Wiener Kongreß

ANHANG 3

# *Register der frühesten Dampfschiffe*

| Baujahr | Schiffsname | Erbauer Konstrukteur | Maße LxBxT (m) | Verdräng. (t) | Antrieb | Masch.-art | Zyl.Ø/xHub (mm) | Leistung (PS) | Geschw. (Mph) | Bemerkung |
|---|---|---|---|---|---|---|---|---|---|---|
| 1763 | | Henry | | | Rad | | | | | gesunken |
| 1773 | | Colles | | | | | | | | Philadelphia |
| 1774 | | d'Auxiron de Follenay | | | 2-Zyl.atm. | | | | | gesunken |
| 1775 | | Perrier | 2 Seiten- | 1-Zyl. | 200x räder | 1 | | | | Versuch gescheitert |
| 1778 | | Jouffroy d'Abbans | 13 x ? x ? | 9 | Seitenpaddel | 2-Zyl.atm. Kettentrieb | | | | Versuch gescheitert |
| 1783 | PYROSCAPHE | Jouffroy d'Abbans | 45 x4,6 x0,95 | 182 | 2 Seitenräder 3,99 Ø | 1-Zyl. lieg. doppeltw. Ratschentr. | 650x1956 | | | 15 Min. zu Berg |
| 1786 | | Rumsey | | | Wasserstrahl | | | | 4 | Potomac |
| 1787 | | Fitch | 10,4 x ? x ? | 9 | 12 Seitenpaddel | 1-Zyl. doppeltw. | 305x915 | | 3 | |
| 1787 | | Miller Symington | Katamaran 7,6 x2,1x0,65 | 5 | 2 Tandemräder | | 102x457 | | 5 | |
| 1788 | PERSEVERENCE | Fitch | 18,2 x2,4 x1,2 | | Heckpaddel | | | | 5,5 | |
| 1789 | | Miller Symington | Katamaran 7,6 x2,1x0,65 | 5 | 2 Tandemräder | 2-Zyl. Carron | 457x610 | 7 | | |
| 1790 | EXPERIMENT | Fitch | 18,3 x 3,65 x ? | | Heckrad | Balanciermasch. | | | 8,3 | |
| 1790 | | Morey | | | Heckrad | | | | | Connecticut |
| 1793 | | Smith | | | 14 Seitenräder | atm. Balanciermasch. | | | 2 | Bridgewater |
| 1793 | | Rumsey | | | Wasserstrahl | | | | 3 | Themse |
| 1794 | AMBI NAVIGATOR KENT | Stanhope | | | Heckpaddel | B & Watt | | 12 | 4 | |
| 1802 | CHARLOTTE DUNDAS | Symington | 17,07 x5,49 x2,44 | | 1 integriertes Heckrad | 1-Zyl. lieg. doppeltw. | 558x | 10 | 3,2 | Forth-&-Clyde-Kanal |

| Bau-jahr | Schiffsname | Erbauer Konstrukteur | Maße LxBxT (m) | Ver-dräng. (t) | Antrieb | Masch.-art | Zyl.Ø/xHub (mm) | Leistung (PS) | Geschw. (Mph) | Bemerkung |
|---|---|---|---|---|---|---|---|---|---|---|
| 1803 | | Fulton | 21,5 x3,39 x0,58 | 31 | 2 Seiten-räder | Perrier Typ: B & Watt | 460x925 | 8 | 3 | Seine |
| 1803 /05 | | Valmont Mc Kaever | | | | Oliver Evans | | | | |
| 1803 | | Calleroy | | | Heck- u. Bug-schraube | | | | | |
| 1803 | LITTLE JULIANA | Stevens | 7,32 x ? x ? | | 2 Schrau-ben | 1-Zyl. ohne Kondens. | | | 2,9 | New York |
| 1807 | NORTH RIVER STEAMBOAT OF CLERMONT | Fulton | 43,28 x4,27 x1,22 | | 2 Seiten-räder | 1-Zyl. B & Watt | 700x1200 | 24 | 5 | Hudson |
| 1808 | RARITON | Fulton | 80 x ? x ? | | | | | | | Ravitan River |
| 1808 | PHOENIX | Stevens x4,88 | 31,39 2,0 | 95 | 2 Seiten-räder | | 406x914 | | | |
| 1808 | CAR OF NEPTUN | Fulton | 53,4 7,3 2,44 | | | | | | 7,6 | Hudson River |
| 1810 | RARITAN | Fulton | | | | | | | | |
| 1811 | COMET | Bell | 15,5 x3,55 x1,22 | | 4 Seiten-räder | Robertson | 317x406 | 4 | 6,7 | 1812 Clyde Firth of Forth bis 1820 |
| 1811 | PARAGON | Fulton | | | | | | | | |
| 1812 | NEW ORLEANS | Fulton | 42,0 x 2 x 2 | | 2 Seiten-räder | | | | | 1814 gesunken |
| 1814 | ELISE ex MARGERY | Mc Lachlan | 19,2 x3,66 x ? | | 2 Seiten-räder | J.Cook | 559x610 | 10 | 6 | ab 1816 Seine |
| 1814 | VESUVIUS | Fulton | 42 x8,5 x1,8 | | | | | | 7.5 | Mississippi 1816 ver-brannt |
| 1815 | ELISABETH | Baird | 20 x4,7 x ? | | | | | 16 | 5,3 | Russland Ostsee |
| 1816 | CANCELLOR LIVINGSTON | Fulton | 47,85 x10,21 x ? | 494 | 2 Seiten-räder | | | 75 | 7,2 | |
| 1816 | THE DEFIANCE | Wood | | | | | | 12 | | 12.6. vor Köln |
| 1816 | PRINZESSIN CHARLOTTE V. PREUSSEN | Rubie | 39,75 x5,88 x0,39 | 236 | 1 Heck-rad | B & Watt | 30 | Elbe | | Havel Spree |
| 1817 | CALEDONIA | Smart Wood | 28,5 x8,43 x ? | | 2 Seiten-räder 3,95 Ø | 2 x B & Watt | | 32 | | Rhein bis Koblenz, Ostsee |

ANHANG 4

# *Personenregister*

Abbans, Jouffroy de 1751 – 1832 franz. Marquis, versuchte Dampfschiffe zu bauen

Auxiron, de franz. Graf, Artillerie-Offizier

Barlow, Joel amerik. Staatsmann und Poet

Beighton, Henry

Bell, Henry 1767 – 1830 schottischer Maurer und Tischler, Erbauer der *Comet*

Bernoulli, Daniel 1700 – 1782 schweizer Gelehrter, Grundlagen der Hydrodynamik

Black, Joseph 1728 – 1799 schottischer Chemiker, Professor an der Universität Glasgow, Lehrer von James Watt

Boulton, Matthew 1728 – 1809 engl. Maschinenbauer, Partner von James Watt

Calla, Etienne 1760 – 1835 franz. Mechaniker und Erfinder

Cartwright, 1743 – 1823 engl. Landpfarrer, Erfinder u. a. des mechanischen Webstuhls und des Alkoholmotors

Chapman, Frederik af, 1721 – 1808 schwed. Schiffbauer, berühmt durch schiffbauliche Abhandlungen

Chapman, William 1749 – 1832 engl. Civil-Ingenieur im Londoner Hafen-, Dock- und Kanalbau

Colles, Christopher amerik. Erbauer eines Dampfschiffes

Dalleroy, Charles 1754 – 1835 franz. Erfinder

Desblanc, Joseph franz. Patentinhaber auf einen Schiffsantrieb

Dundas, Lord of Kerse, engl. Gesellschafter der Forth-&-Clyde-Kanalgesellschaft

Euler, Leonhard 1707 – 1783 schweizer Mathematiker und Physiker

Euler, Joh. Albrecht 1734 – 1800 schweizer Mathematiker und Physiker, Sohn v. E., Leonhard

Evans, Oliver 1755 – 1819 amerik. Erbauer von Hochdruckdampfmaschinen

Fitch, Jonathan 17432 -1798 amerik. Uhrmacher, erprobte mehrere Dampfschiffe

Follenay, de franz. Offizier

Franklin, Benjamin 1706 – 1790 amerik. Staatsmann, Physiker u. Philosoph

Fulton, Robert 1765 – 1815 amerik. Maler und Techniker, div. Erfindungen, bekannt geworden als der Begründer der Dampfschiffahrt

Genovois Pfarrer in Bern

Henry, William amerik. Industrieller

Hornblower, Jonathan engl. Erfinder der Zweifach-Expansionsmaschine (1776)

Hulls, Jonathan engl. Uhrmacher

MacKaever, James amerik. Kapitän

Miller, Patrick 1731 – 1815 schottischer Bankier

Morey, Samuel Amerikaner, erprobte ein Dampfschiff

Newcomen, Thomas engl. Grobschmied, Erfinder der atmosphärischen Kolbendampfmaschine

Papin, Denis 1747 – 1712 franz. Arzt, Erfinder u. a. des Dampfkochtopfes, erste Versuche mit Dampfzylindern, erste konkrete Idee zum Dampfschiff

Pèrrier, Jacqucs 1747 – 1712 franz. Maschinenbauer, mit seinem Bruder Eisenhüttenbesitzer

Pickard, James Knopfmacher aus Birmingham, erhält engl. Patent für Kurbeltrieb

Rumsey, James 1743 – 1793 amerik. Ingenieur

Savery, Thomas 1650 – 1715 engl. Mechaniker, ehemals Bergarbeiter

Smeaton, John engl. Ingenieur für Wasser- und Windmühlen

Smith, Adam 1723 – 1790 engl. Nationalökonom

Stanhope, Earl of engl. Kanalbauer und Erfinder, Verbesserungen an Druckmaschinen, optische Linsen

Stevens, John 1749 – 1838 amerik. Kolonel

Stevens, Robert 1787 – 1858 Sohn von St., John, amerik. Ingenieur

Symington, William 1763 – 1831 engl. Bergwerksingenieur

Trevithick, Richard 1771 – 1833 engl. Erfinder, Hochdruck-Dampfmaschine

Valmont, Louis de franz. Husarenhauptmann in Amerika

Watt, James 1736 – 1819 engl. Feinmechaniker, bedeutender Konstrukteur von Dampfmaschinen, die er entscheidend verbesserte

Woolf, Arthur 1766 – 1837 engl. Mechaniker

ANHANG 5

## *Literaturhinweise*


Armstrong, Richard »Powered Ships« London 1974

Brenneke, Jochen »Geschichte der Schiffahrt« 1981

Brentjes, Burkard »Geschichte der Technik« Leipzig 1978

Chapman, Frederik af »Architektura Navalis Mercatoria« Ausg. Verlag Delius, Klasing & Co. 1969

Cornwell, Edward »The illustrated history of ships« 1979

Cucari, Manti, Jürgens »Das Bilderlexikon der Schiffe« 1979

Dickinson, Henry W. »Robert Fulton – Engineer and Artist« New York 1912, »James Watt«

Dollfus, Charles »Histoire de la Marine« Paris 1959

Feldhaus, F. M. »Die Technik« Lexikon 1970, »Ruhmesblätter der Technik« 1910

Flexner, James Thomas »Steamboats Come True« Amerikan Inventors in Action 1944

Guthrie, John »A History of Marineengineering« London 1971

Henriot, Ernest »Kurzgefasste illustrierte Geschichte des Schiffbaus« 1971

Jaeger, Werner »Das Mittelraddampfschiff PRINZESSIN CHARLOTTE V. PREUSSEN 1816« 1977

Jobè, v. J. »Raddampfer in Europa und Amerika« Lausanne 1976

Kelly, Daniel F. Aufsatz in »Surveyor«, Zeitschrift des American Bureau of Shipping Aug. 1983

Kulischer, J. »Allgemeine Wirtschaftsgeschichte« Bd. II 1971

Leprince »Die berühmten Erfinder« 1946

Matschoss, Conrad »Große Ingenieure« 1954
»Geschichte der Dampfmaschine« 1901

Mauel, Kurt »Aus den Anfängen der Dampfschiffahrt« Zeitschr. Schiff und Zeit Nr. 8

Oosten, F. G. van »Scheepen onder Stoom« Niederlande 1972

Radunz, Karl »100 Jahre Dampfschiffahrt« Rostock 1907

Straub, Heinz »Kraft aus Wasser und Feuer« 1967

Knaurs Geschichte der Technik 1959

Revue Maritime Belge, Jan. 1951

Fluvial, Juli 1983